盲人与狗

A Blind Man and a Dog

水天一色 著

Shuitian Yise

浙江文艺出版社

Zhejiang Literature & Art Publishing House

图书在版编目（CIP）数据

盲人与狗 / 水天一色著. -- 杭州：浙江文艺出版
社，2025. 7（2025.8重印）. -- ISBN 978-7-5339-7995-9

Ⅰ. I247.5

中国国家版本馆CIP数据核字第2025QD9772号

图书策划　徐　全
责任编辑　徐　全
责任校对　许红梅
营销编辑　张　苇
封面插画　Gen Arai
封面设计　储　平
责任印制　吴春娟

盲人与狗

水天一色 著

出版发行		浙江文艺出版社
地　　址		杭州市环城北路177号
邮　　编		310003
电　　话		0571-85176953（总编办）
		0571-85152727（市场部）
制　　版		浙江新华图文制作有限公司
印　　刷		杭州杭新印务有限公司
开　　本		880毫米×1230毫米　1/32
字　　数		130千字
印　　张		7.375
插　　页		2
版　　次		2025年7月第1版
印　　次		2025年8月第3次印刷
书　　号		ISBN 978-7-5339-7995-9
定　　价		52.00元

第一章

说起来，这段时间，我改变了不少。

以前我对文学作品（这么说比较好听，其实只限于小说）的观念很传统，也就是大多数人接受的那种——现实主义小说是名门正宗，高不可攀；周围有四个不入流却很受欢迎的旁宗，即言情小说、科幻小说、武侠小说、侦探小说。在这四种类型的小说中，以最前者和最后者最令我不能容忍。言情小说欺骗人的感情，侦探小说欺骗人的理智。

不久前，我以很特殊的方式，结识了对门的邻居——一个不像侦探的侦探。他让我觉得……推理……难道是……一门……很高深的……学问？

于是，我现在正在疯狂阅读侦探小说。当然，也疯不到哪里去，因为条件有限。作为一个自由撰稿人，我还要供一个大学生，日子当然过得紧巴巴的。我有很多东西是需要分期付款的，比如车，买了车就要买汽油。还有电话，安了电话就要有电话费做后盾。而大学生，则是它们中最昂贵的一个。我也不能把小琳撒出去让她自己打工，我平时也总是衣来伸手饭来张口的……

"哥!"

"又有什么事呀？人小姐？"

"注意你的口气! 我当然不会没事烦你，"小琳伸出一个巴掌，"拿二十块钱来。"

"干什么？"我如临大敌。

"你不知道我最崇拜的言情小说家又出新书了？"

"别这么浪费好吗？"很多侦探小说我都没有买，"你上学已经……"

她劈口打断我:

"我上学怎么了？我又不住校，也就要些学费和伙食费。能花你多少钱？"

"可是……"

"再说了，家里的衣服是谁洗的？我洗! 家里的饭是谁做的？我做! 你倒是说说，谁才是衣来伸手饭来张口？"

"我……我也做家务呀……"

她一掐腰，说道:

"是呀! 你不但会泡方便面，还会自己洗内衣裤呢。"

算了，我既然衣来伸手饭来张口，拿人家手短吃人家嘴软，自然英雄气短。

"那些东西……它也没用呀……"

"谁说的?"她从架子上抽下一本言情小说,"你不知道里面的意境有多美!"

"有什么可美的! 小说里写一个女人很有气质,就让她整天揽镜自窥,顾影自怜;要不然就让这个美丽的女人跑到水边梳头,但看见她的人绝对不会当她是梦中情人,把她当作女鬼还差不多;小说还会写她空闲时只做一件事,就是坐在窗下读书。最重要的一点是,美丽的女人的眼神永远虚无缥缈,怎么可能有这么抽象的女人?"

我慷慨激昂,越说声越大。然后随着老妹脸色的变化,越说声越小,终于闭嘴。

她沉默很久,恶狠狠地盯着我说:

"好! 我最后给你一次机会。来,想象一下,"她切换成陶醉的语调,一边说一边做着相应的动作,"在高山之巅,云雾缭绕中,出现了一位身着白衣的绝色女子。她长发飘飞,怀中抱着一把古琴,缓缓拨出绕梁的乐音。告诉我,你最先想到的是什么?"

我击掌道:"她是怎么上去的?!"

啪! 一本书砸在我脸上。

"你没前途了!"

我偷偷看着小琳气鼓鼓的背影,捡起地上的书,抚平上面的折痕，心想：这可是她非常心爱的书，居然舍得拿来扔我，我觉得……很……荣幸……

"小琳……"我小心翼翼地捧着书过去。

"给我二十块就原谅你！"小琳冷冰冰地伸出手。

我只好摸向自己的口袋。每逢这个时刻，我都会想起商场促销时的常用词：跳楼大甩卖！

又快"十一"了。

近几年来，政府为了扩大内需，把假期前后的周末拉到一起凑成一个礼拜，让大家可以歇个痛快。对我这种长年在家的人来说，其实影响不大，反正我是没钱出去旅游的。而且这段时间的报纸杂志，需要的都是些回顾过去、评估现在、展望未来的文章，对作为侦探小说作家的我来说正是工作的淡季。加上妹妹放假在家……

我快走到楼梯间平台时，迎面碰上了杜公子。他低着头，身形有些晃。一时之间，我以为是自己眼花了，但立刻知道不是。因为他的身体忽然倾斜过来，倒在我脚前。

"你怎么了？"我蹲下扶他，脑中的第一想法是他在打击罪恶的过程中负了伤，于是我试图在他身后寻找血迹，当然没找到。

他虚弱地冲我一笑，摇头表示没事，撑着楼梯扶手站起来。

"幸亏是摔在这儿……"要是趴在楼梯上，一张挺不错的脸，还不得磕成"棱角分明"的？

我正说着，有人"噔噔噔"地从楼下跑上来。此人长相粗犷，身材魁梧，站在我面前，犹如一座大山。

他俯身贴近杜公子，看姿势是想把他横抱起来。杜公子连忙推开他，自己扶着栏杆，缓慢拾级而上。我身边的这位"壮士"在后面亦步亦趋，看来不管前面的人从什么角度掉下来，他都能接住。

直到杜公子开门时，这人才发出低沉的声音：

"'X君'，要不然……"

杜公子倚着门，转身笑道：

"火车票就麻烦您订了。"

说完，他几乎是顺着门的自然打开跌进去的。那"壮士"皱眉看着，然后一拳擂在墙上。过了好一会儿，他忽然转向我，上下打量。

干什么？难道要迁怒于我？

没想到他反而面露一种绝处逢生般的喜色：

"你是许飞?!"

我点头，心里诧异自己什么时候变得如此著名。

他掏出手机，飞快地按键拨电话：

第一章

005

"喂，局长，是我……这件事……我知道不能改，就是想问能不能请个'外援'……毕竟情况特殊……让人担心……真的？太好了……"他挂断电话后看着我，说道，"我是公安局的，叫张臣。有件事求你。"

这是求人的口气吗？我心中想着，但嘴上还是说：

"去我家谈吧。我妹妹正好不在。"

张警官还没有坐定就说：

"几个月以前，你曾去我们局里当证人，我见过你。"

"哦，那件事呀……多亏了杜落寒。"

他用怪异的眼神看着我，似乎无法接受我直呼邻居的名字。其实，我自己叫着也别扭。

"他现在有点麻烦，你能帮个忙吗？"说着他从口袋里掏出一封信，"你先看看。"

信上的字不难看，甚至可以说漂亮，只是有一种特殊的扭曲感，让人很不愉快。

警察同志：

你们一定要相信我，真的。作为一个艺术家，我的直觉从来没有错过，这次也绝对不会。

撷取最精彩的瞬间，拍到最出色的照片，是我毕生的梦想。所以我一直来往于各个城市之间，寻找灵感。在一个城市，我一般都会住同一家旅馆。不久前，我受到《法制》节目的启发，忽然觉得：如果把旅馆当作贩毒的场所，不是很合适吗？而在我现在住的这家店，其中有个人我投宿时见过好几次。如果是我想的那样，岂不是……

"这是什么呀？"我实在看不下去了，完全不懂内容。而且，那第一段……就算是必须用撕心裂肺的话剧台词，也太夸张了，更何况是信呢？

"我慢慢和你解释。你最近看《法制》节目了吗？"

"我可是热心观众，一直坚持看的。前些天播的那集还不错，说的是发生在某地的贩毒杀人事件……"

"那案子……"

"它背后有一个遍布全国的巨大贩毒网。前些天，我们抓了一个叫徐晓菲的女孩。经大家分析，她绝对是'网'里的。"

"为什么？"

"和节目里说的一样，犯人们都会定好一个固定的地方，交易的双方不见面，一个留下货物，一个取走货物，而徐晓菲说她负责的据点，就是这封信里提到的旅馆。"

第
一
章

"啊！我明白了。来信的人一知半解，胡乱猜测，却恰恰猜到了点子上。"

"是！那个旅馆就在火车站附近，人口流动量很大。如果前一个客人落了点什么东西在房里，那些东西又偏偏落在不容易打扫到的地方，下一个客人住进来，就能顺手拿走了。或者有人假装捡了个锁着的皮箱，交给旅店。在他离开以后，另一个人自称为皮箱的主人来认领。如果后面来的人有钥匙，能打开皮箱的锁，就一定没错了。而且也不需要开箱子让人看……总之，把戏多的是呀。"

"那个旅馆一定是黑窝点？"

"对。为了端掉这个窝点，我们将徐晓菲被捕的事秘而不宣。交易对象不知事情有变，一定会去。"

"好啊。那只要派人过去抓，不就行了？"

"不行！交易时间是来信的日子前后，信送到我们手里又耽搁了些时间。抓徐晓菲的时间比较早，我们还没来得及去放下毒品，对方根本没东西可取。整个行动可能扑空。"

"那也得去了再说呀。"

张警官脸色有些郁愤，似乎对自己要说的内容很不满：

"本来这信是寄给当地警察局的，但他们说忙不过来，而且这事一开始也是我们局办的，最后这个案件就转到我们这里。我们局警力也紧张，回来一个警员立刻又得派出去，

盲
人
与
狗

兄弟们已经一个多礼拜没放假了……"

前言不搭后语地说了一段后，他一砸桌子：

"算了，实话跟你说！其实是因为……来信的人手里的证据还没我们掌握的东西多，他猜得对不对没人知道，信里的词句又奇怪成那样，很难让人相信。万一错信了他，浪费警力的责任谁担？尤其是在人手这么紧张的时候。可是那个旅馆有问题，又是一定的。如果我们不去，放跑犯罪组织重要成员的帽子扣下来，谁顶得住。"

这回我理解：

"所以最好的办法就是先去确定信的真实性，再决定怎么行动。而去的这个人，必须有处理这件事的头脑，又要和警察局——至少在表面上——没有任何关系……这人选非杜公子莫属了，我终于知道他说的火车票是什么意思了。"

他的口气变得有些暴躁：

"为了这些乱七八糟的东西，就让杜公子去冒险。哼！他自己也是……那些人用一些冠冕堂皇的理由，就能骗过他？我就不信！他是明知山有虎，偏向虎山行。要是别的事，我说什么也要把他扣下，但是这件……"

"有什么不一样吗？"

"和之前那个案件有关系的事，被他知道了，他绝对不可能不管。他现在又这副模样，你刚才也看见了……"

第
一
章

"他怎么了？哪儿受伤了？"

"受伤？"听语气，他似乎不敢想象这种情况，"是发烧。他呀，从小就很少得病，但一得上就不容易好。所以，我想请你和他一起去，至少有个照应。"

"是不是，如果有什么危险，我还得保护他？"论打架能力，我不太有信心。

"真要有事，谁保护也不顶用。那个组织的人，心狠手辣，如果他们真要杀人，那可是不论个儿杀论打儿杀呀……不过，如果有人要对他不利，他应该可以提前意识到……"

他边说边点头，似乎要说服自己相信这一切。我不知道他和杜公子是什么关系，但现在看来，他对杜公子的感情，大概像父母对孩子，即使对孩子再有信心也不能完全放心。

"对了，刚才我和你说的，千万别让他知道。你赶紧收拾东西吧，车票什么的我来张罗，估计很快能搞定。刚才我请示过领导，这次行动的一切费用，由局里报销。"

说了这么多，正中我下怀的就是这最后一句。

噩运从昨天开始粘上了我。我刚接到委托时，还像个孩子般，紧张却期待。后来，我一想到可以去旅行而且免费，就完全忘了此行的重大责任，有些得意过头了。为我收拾行李的妹妹，本来就心情极差。我知道她是借题发挥，可是有些事只能心里明白，不能说出来。

被她横眉立目地送到火车站，我终于跟张臣会合了。他给了我一个信封，里面据说是石局长写的证明，证明上还盖着局里的大印。到了那边如果有什么麻烦，可以凭这份文件，找当地同行帮忙。这给人一种前途未卜的感觉，我挺喜欢。

古装电视剧里，我最爱看的段落就是：一位钦差大人，扮装成百姓游走民间。正当一群恶人对他不屑一顾地冷嘲热讽时，只见他手往怀里一摸，将御赐金牌一亮，在场众人就得伏地山呼万岁。一下子所有人都比自己矮的感觉，一定能让人扬眉吐气。不过现在时代不同了，就算我们在危急关头亮出一张压得笔挺的介绍信……好像也威风不到哪里去。

我浮想联翩过后，才看到站在一边的杜公子。他大概没料到我也随行，对与我同行一事持反对态度。不知是因为生病还是生气，他的脸色非常难看。

他皱眉看着张臣，似乎又不忍出口责备。僵持的尴尬场面，被他的手机铃声打破。他刚按下接听键，电话另一头便吼出声来。那声音很具爆发力，即使在嘈杂的火车站也能隐约听见内容。

"落寒，说话！"

"我在！"

第一章

"嗓子好了？"

"嗯。"

"你失声这几天，我们耳根难得清净呀。就是清理现场有点难，每次都能收拾出好多字条来，什么'文羽，咱们吃饭去呀！'要不就是'帮我把作业本拿过来'……"

"我说不出话，只能写字条了。有道是：'声'，亦我所欲也；'意'，亦我所欲也。二者不可得兼，舍'声'而取'意'者也。"

"刚能说话又开始……气得我都忘了要和你说什么了。假期给我在家好好待着啊，少折腾。再感冒，上课我们不帮你签到了。"

"也不是我自己想病……"

"你不想？那你靠着墙坐了一夜算什么？你愿意熬夜我不拦着，你倒是别衣衫不整呀……人家'思想者'什么都不穿都不得病，为什么？因为它是雕像！你是吗？不是就别逞能……"

"我不是脱衣服脱到一半，忽然想起点儿事来……"

"然后就琢磨了一宿？有什么的呀？不就是第二天要出庭作个证吗？你一个尸体发现人，连死人都见过了，一屋子活人有什么可怵的？再说，你要想，你躺着想。我大晚上地起夜回来，看着上铺坐着一个人，你想吓死我呀！"

"我又不是真一夜没睡……"

"你要不是天亮的时候靠着墙睡着了，你能感冒吗，你？算了，不说了，再说，我非得摸着电波爬过去掐死你！"

那边没了声音，杜公子低声嘟囔：

"这徐宁……"

谁料对方还没挂机：

"说什么呢？……"

为表示情形出乎意料，杜公子模拟了向前栽倒的动作，却在悬崖勒马时真的捂住了额头。他显然忘了自己现在正在生病。

他凝视了一会儿手机，回应道："在下岂敢，在下惶恐！"随即掐断电话。

他回头看看我们，大概是没心情也没心力讨论先斩后奏的问题，长叹一口气，说：

"我们上车吧。"

我们被安置在硬卧车厢，张臣为局里没有更多经费而扼腕。在我看来，条件已经很好了，毕竟是两个下铺。

火车开动后，我和杜公子实在无话可说。我与杜公子平时就是点头之交，很难有什么共同语言，只是偏偏住在他的对门，都知道彼此的情况，想说些废话也说不出来。两人只好有一句没一句地扯着，但围绕一个话题从来没有超过三句话。他也只是敷衍地随口应和，我相信这绝对是因为他生病的关系。

他终于去休息了，不管从什么角度，我都赞成这个决定。我开始自行其是，观观景，啃啃带来的面包，翻翻侦探小说，不时忠于职守地过去看他一眼。第一天算是平安无事地过去了。

到了晚上，我开始关注起火车上的铺位。铺位分为上中下三层，总共有六张床连在一起，这让我想起某种养鸟的笼子。我和杜公子的床只隔着一张桌子，我现在是真的住在他的"隔壁"。

第二天，他的气色明显好了很多。这次变成他主动和我聊天。他聊起天来果然比我有技巧，一语中的地谈起我摊放在床上的侦探小说。我开玩笑地说："一般的侦探都是一出海就遇上沉船，一上飞机就遇上恐怖分子，一搭火车总能遇上凶案。你可别这样。"他笑着对我摆了摆手。

局面似乎就此打开。我们说到这次旅行的目的。那封信我没有看完，但他说信的内容也就是我看到的那些，后面就是一些恳求警方相信自己的词句。令人气愤的是信中并没有出现怀疑对象的名字，连嫌疑人的性别也不能确定，目前只知道来信人名叫吕良。而旅馆的招牌是"如归"，取"宾至如归"之意。我打趣说这名字听着怎么这么不吉利，好像鬼门关，进去就出不来了。他也笑了，但笑容略带些忧郁，似乎不只当这句话是玩笑。

我连忙转移话题，让他给我讲讲之前案件的具体情况。他轻描淡写地说了几句，似乎不愿详述。反而和我说起他们学校的奇人奇事，他们宿舍里的日常生活，也不过是上课、翘课、互抄作业、突击复习……

他说得很高兴，我却在心底长叹。偶像这东西，真的只能远观。距离产生美是绝对的真理。现在在我面前的，哪里还是我想象中的英明神武的大侦探，分明就是一个满坑满谷一抓一把的普通大学生。

听到有趣处，我也会插上两句，我俩之间的互动比昨天强了不是一星半点，但我并不轻松。在我们的聊天过程中，最大的问题便是互相之间的称呼。我应该叫他什么？"杜公子"只是戏称，"杜落寒"这名字取得实在是绕嘴，我与他又没熟到可以叫"落寒"的地步。"小杜"？万万不可能。我们之所以相识，是因为他不久前帮了我，关键是还是在我最狼狈的时候。我恐怕这辈子没机会在他面前倚老卖老了。

我思前想后，感觉无论哪个称呼都不合适，只好一直以"你"相称。

第
一
章

一场天聊到中午，隔壁走过来一个穿着土气的女人。这个女人和她女儿睡在杜公子上铺。她说孩子一起来就在上铺待着，她怕孩子掉下来，问能不能借杜公子的铺位让她孩子玩一会儿。

我俩之间的谈话被打断，他一怔，但立刻点头。

女人眉开眼笑地走后，我立刻用胳膊捅他，说道：

"你不怕她要和你换床？你睡的可是珍贵的下铺呀！尤其从票价上讲。"

他又一愣，然后就笑了，我搞不清他是根本没那么想，还是他想到了也不在乎。

不知又过了多久，我觉得有点困。因为我今天很早就醒了，但在火车上终究睡不安稳。当我想睡午觉时，也终于体贴地想起那位没有痊愈的病人也需要休息，就催他回去躺着。

我舒服地睡了一觉，原以为他那边也差不多，实在没想到，一睁眼会看到这种镜头：

杜公子背靠车窗站在那里，双手抱在一起，头随着车的摇晃上下点着。而他的脸色，又回到昨天的状态，不，是更不堪入目。他的脸色异常地苍白，颧骨上顶着一抹红色。

我冲过去把他摇醒：

"你干什么？有床不睡睡这里……"

说完我扭头看他的床，他的床上有一个小丫头趴在上面，丫头身上盖着毛毯，睡得很甜。不用多说，我已经可以想象事情的经过。

"看见她玩累了睡着了，你就一直在这儿……"

他摇摇头，似乎嫌我说话声音太大，而后异常柔和地看了小女孩一眼，辩解道：

"我也叫过她……"

"叫不醒？我不信！你怎么叫的？用给她盖毯子的方式？"

"你很会推理……不用瞪我，我是想，如果把她惊醒了，那我正好挪她到上面去睡。可是，她不是没醒吗？……我是不是把感冒传染给你了，你脸色这么难看？而且，从本质上说，躺着和站着的姿势其实是一样的……"

一股怒气从丹田直冲胸口，激起我的破坏欲。直接打人是故意伤害，打碎玻璃是破坏公物，两害相权取其轻。我正欲挥拳砸向车窗，猛然想起骨折的话还要自己掏医药费，于是中途改道，一把揪住他的领子（我这时完全忘了我们的熟悉程度），用力将他摔在我的床上。

他托着被摔晕的头，说道：

"那你……"

"我睡好了！！"

第
一
章

我揉着喉咙，心想：气死我了！昨天早上在电话里骂他的那家伙叫什么来着？他骂得真好！！

我直愣愣地大步向前走，急欲找到泄愤的方式，好在我很快找到了在心里抨击的对象。

一个女人两条腿并着，坐在窗边。从她身体的姿态，我推测她应是个体操运动员，因为一般人的腰不可能掰成那个角度。一只手呈流线型地放在腿上，另一只手托着腮，她的无名指和小指还以标准兰花指的姿势跷出来。她望着窗外，不过……她哪里是在看风景？她分明是希望别人把她当作风景欣赏。我相信，她脸的偏转角度，都经过深思熟虑。哼！和我妹妹一样——被言情小说教坏的一代。

我深吸一口气，往她对面看，那边也坐着一个女孩子。另外一个女孩子背对着我，坐得很正，将纯黑色的长伞放在膝头，同样是望着窗外，身上却真正有一种名叫气质的东西。而且，她的衣服……是我从没见过的样式，白色为底，染着稀疏流畅的蓝色条纹，让我想起一种久违的感觉。

在搬去和杜公子做邻居前，我住在一座平房里。用作搭建房子的方砖，因为年代久远已变成黑色，把整间屋子都映得黑压压的，虽然我好友他妈经常对我家的洋灰地羡慕不已。那时我还没上学，天黑后小伙伴们的固定活动，就是去某家"鬼屋探险"。我们成群结队，弯着腰，想象着脚下的凹凸不平或许因为是踩到了葬身于此的冒险家前辈们的骸骨。

由人家的衣服联想到童年，虽然荒谬，却也无奈。谁让现在值得珍惜的东西越来越少了呢？

耳边听到收拾行李的声音，车厢里的人们坐在铺位上蠢蠢欲动，再看看车窗外逐渐静止的景物——火车到站了。

这时，一个穿着绿军装、架着单拐的人，迈着一深一浅的脚步经过窗子。那个深受我厌恶的女人开口了。如我所料，像这种以为自己的外表每时每刻都在发光的人，经常会把自己的品德和才华也拎出来炫耀一番。只要说出的话听起来漂亮，多不恰当的词都敢用。

"刚才过去的那个人好可怜呀，都不能独立走路，必须倚靠手杖……"

手杖？天啊！那是拐杖好吗？

我不耐烦地转身走开，只听另一个声音有些僵硬地说：

"希望他不是城里人，不然脚一定很痛。"

他一条腿残废，当然会痛，关"城里人"什么事？

虽然不解，我却没费心去想。因为比起这句话，她开口说话本身更让我惊讶。我确实没听过那声音，但那种腔调却似曾相识。而且，我第一眼看到她的背影时，就觉得熟悉。难道真的是某位故人？

第一章

心里模糊出现的影子，无法变得更加清晰。我也没难为自己去回想。回忆嘛，就像找东西。在不想找的时候，它总会自己蹦出来。所以，我暂时不去想，说不定什么时候就想起来了呢。

我叫起杜公子，提了包，和其他人挤在走道里，排着不成形的队，准备鱼贯而出。过了一会儿，车门才终于打开。

下车后，我发现车头附近被拦了起来，穿制服的车站工作人员正在疏散围观人群。不一会儿，谣言如涟漪般扩散开来，大家纷纷议论着是不是火车撞死人了……

我回头想看看杜公子的反应，却见他累得靠在大厅的柱子上。我觉得事情没这么简单，有些手足无措，想着要不要找人来帮忙。

断断续续的琴声穿过嘈杂的人声钻到我的耳朵里，我发现旁边的柱子边也有一个人。他盘腿坐在地上，手中扶着的二胡早已褪色。那二胡侧面的蛇皮翻起，弓弦磨得跳丝，白得发亮。他的身边放着一根污渍斑斑的带铁头的木棍，面前摆着一只在久远以前流行，现在却无人问津的水碗。人们在他附近来去如风，他也左顾右盼。

一个皮肤白皙、体态丰腴的女人，在他面前站定，向那碗里看着，那女人似乎不满人们把那个碗当作小面值硬币的聚集地。她把手伸到口袋里，但她大概是没带钱吧，又什么也没拿出来。最终，她惋惜地紧紧攥着手中的伞，转身离开。

我再把头转向杜公子，谁知眼前一花，被人撞到，急忙叫道：

"喂！"

"对不起，对不起！"那人连忙哈着腰道歉，"我急着找人……"

"那也不能横冲直撞呀。"

"实在不好意思。"

他在点头的过程中无意间看到了杜公子。他眯眼端详了一会儿，然后抓起杜公子的一只手，捏住了杜公子的手腕，拧着眉毛斜着眼睛地又揣摩了一会儿，原本带着笑容的脸也慢慢地变得严肃。

我疑惑地看着他奇异的举动，心里想的居然是：他看起来不过是二十出头的样子，看来还要加上五岁。

他一改刚才的态度，带着情绪说道：

"你们一起的？"

"是啊。"

"你怎么搞的？还在这里耽误时间。他现在……最好立刻去检查，然后住院休息。"

"有这么严重？他自己说没事。"

第一章

"你还听病人自己说呢！很多说自己没事的人，去医院一查往往都会出事。病人的话……哼！"

"那你的话……"

他迅速掏出一张卡片平推过来，那卡片险些顶到我的鼻子。我能看清楚的只有中间最大的字：方擎岳。随后我才领悟到他想让我看的是旁边的小字，什么"中医药"。

我还没看全，他就把卡片拿了回去：

"我是医生，懂了吧?"

"你刚才是在……号脉?"

"你才知道呀!"

"哦，不是，我只是觉得，中医大多都是老头子，你也不说点术语让我相信……"

"我说阴阳、寒热、虚实、经脉、穴位，你听得懂吗?"

我自知理亏，不再辩解，只觉得被一个年龄比自己小的人这样训斥，实在丢脸。

"看你们这般模样，应该是刚到吧? 算了，你照顾好他，我去给你们拦辆出租车。"

我照他说的过去扶杜公子，杜公子从柱子上转靠到了我身上，让我真正体会到了事情的严重性。他轻声说：

"石叔的信……"

我不耐烦地回答道：

“放心，丢不了的。”

“收好……那里有坏人……危险……”

折腾了一圈，再回到这里，我真是心力交瘁。我提着两个人的行李，向行人问着路，心中无理由地烦闷，也许是因为所有事情都堆到了一起。

拐了几个弯，走了一段距离，我们却似乎走到了繁华的背面。

那是一个工地，地面上好像撒满了白灰，将水泼在地上一定会瞬间被吸收，整个地方透着一种令人恶心的干燥，这里的空气绝对不适合呼吸。

工地上堆着的木材旁边，用铁链和项圈拴着一条狗，狗的肚子有明显的凹陷，不知道多长时间没被投喂。它对面站着两个穿工作服的民工，站在前面的一个民工，手里拿着个又小又青的苹果。他用牙咬下一块果肉，轻佻地嚼嚼，然后一昂头吐出去。汁水混合着口水的苹果落在离狗不远处。小狗立刻虔诚地跑过来，离果肉还剩最后一点距离时，锁链勒住了它。它拼命伸长脖子，依然够不到，便发出焦急的叫声。那民工乐此不疲地继续，他后面的同事，脸上挂着极有兴趣的愚蠢笑容，拍手叫好。很快，狗的周围堆了一圈苹果碎块。

暴怒的狂吠，以及铁链抖动发出"哗啦啦"的响声，袭击着我的耳膜。我不禁捏紧拳头——我觉得这是在侮辱"人格"，虽然那只是一条狗。

在这灰暗的时候，我的视线里出现了一个孩子的身影。他简直具有救世主的一切特征：光滑的黑发，细致的皮肤，大过常人一倍的明亮眼睛，让你不禁想把褒义词都抛掷到他身上。其实，在我心里，早已上演了一出名为《少年与狗》的戏剧。确实，他们是世界上最著名的两种代表纯净的东西。

男孩走到狗旁边，看着地上的惨状，并没有如我所料地护在狗前面，反而像想到什么巧妙的事情一样，神秘地一笑，然后"噗"地吐了口口水。终于有一件东西掉在了活动范围内，狗低头走过来，左左右右地嗅着，小心翼翼地伸出舌头舔了起来。那孩子见到此情景便如胜利者一般开怀大笑。

不只后背发凉，我心都凉了。相比之下，刚才那两个人的虐待，都不算什么了。

看到这个小孩摇头摆尾地走了，我虽然不想多管闲事，却也不愿假装没看见此事，然后便不由自主地跟在他身后。他拐进了一栋建筑。我一看建筑的招牌：如归酒店！

第二章

我径直走进酒店的大厅。我完全没有理会他人，只是看着那个孩子。我正要跟着他上楼，这时旁边的接待台传来了招呼声：

"您找人吗？"

叫我的男人有四五十岁，堆着一脸世故的笑容，这笑容让我觉得他不像接待员，倒更像老板。

"不是，我要住宿。"

"那请来这里登记。"

我想想，还是正事要紧，便过去开始登记个人信息。他递了支笔给我，然后暗中瞟了我畸形的小拇指许多次。看多了日本黑道电影的人都知道，小拇指残缺往往是在道上混的铁证。做酒店生意的人，对这些尤其敏感。看他愈加恭敬的神色，我暗自觉得好笑。

"这里谁管事呀？"我开始闲扯。

"就是我。您有事？"

我摇头：

"老板怎么到前台来了？"

"店小，人也少，好多事要自己忙活。"

我抬头看看装潢：

"好像还不错。"

"啊，还好。"

看他除了回答我的问题也不敢多说别的，我决定不再继续追问。我自己也意识到刚才的对话让我看起来像收保护费的人。

沉默了一会儿，他倒试探性地问起我来：

"您一个人来的？好多行李呀。"

"不是。我和一个哥们出来玩，他病了，现在在医院呢。"

"水土不服？"

"发烧……"

"哦。那还真是……"他低声嘟囔，顺手整理着柜台，"小孩子发个烧，跟闹着玩似的，大人发起烧来可就真是个病了。"

趁他不注意，我放慢写字的速度，左手悄悄揭起登记簿的前页，想看看写信人吕良住哪个房间。虽然我不懂案子的事，但怎么也要先找到他，跟他谈谈再说。

我正想着事，手里的纸被身后拂过的劲风掀了一下，着实让我吓了一跳。

我回头看去，是两个老人，据我推测，应是一对老夫妇。老头身高一米九，虽然已经有些佝偻，但还是显得精壮。身体的其他部位也都符合"长"的标准：手长，脚长，脸长。他大步流星，手里拎着一根弯头拐棍，那拐棍与他的身高一对比，就像小孩子攥着糖果棒，非常滑稽。

老太太脸很白，皮肉已经松垮，但看得出年轻时皮肤不错。她的耳朵上闪着金光，因为她戴着一对沉重的金耳环，那耳环甚至把耳洞都拉成了条形。她在后面紧紧追随丈夫的脚步，看样子，她已经尽力在赶了，但还是与老头落下一米的距离。没办法，以她一米五的身高，能保持如此距离已经不容易了。他们的外形如此不般配，大约是传统婚姻下的牺牲品。

"你慢点……我还要和你说……"

"说什么?! 有完没完？那点破东西……也至于!"

"什么破东西？那是闺女给的……"

两个人你一言我一语地走上楼去了。

老板冲他们的背影伸出手，叫着"哎……"，可人影早已消失，只好笑笑说：

"这老齐，老走这么快……"

"对了，刚才的孩子，是他们的孙子吧？"

第二章

“不是呀。他叫江汩，是和他爸妈一块来的。”老板看我填写完了，就把登记簿扯过去开始翻了起来，“啊，不就在这里，他们一家子……”

在“江汩”两个字的上面，写着“江源”和“任莉莉”。

“嗯？这个……”我指着再上面的一行，故作惊讶道，“‘田静’？这名字我熟呀。不会是我认识的那个人吧?”

说认识“田静”其实是纯属瞎掰了，我只是想拖延时间，在他把登记簿收起来之前多看两眼，至少先找到“吕良”再说。

“她呀……”老板似乎对我发出过大的声音很不满意，以身作则地压低嗓子，“不就在那儿吗？回头往这边看的那个……是不是熟人您自己瞅……”

我没理睬他，反而抓紧时间一个个过了一遍那些名字。等老板指向我身后时，我还是没收获，只好直起身子转过去，顺着他手指的方向……

我现在才开始仔细观察起大厅。我对面的角落放着一台大尺寸的电视机，是目前流行的式样。从我这个角度看只能看出它开着，但不知道播的是什么。屏幕前放着组成两个直角的皮沙发。背对这边的沙发上沿露出半个头，看发型是个女孩子。正在欣赏电视节目的这个“她”，大概就是“田静”了。

电视机正对的沙发旁有一张单薄朴素的小桌。乍看之下，感觉怪异了点，和整个大厅的气氛有些不相称。

另一个角落里，沙发靠着墙码了个拐角，夹着透明的玻璃茶几，上面放着奇形怪状的烟灰缸。

沙发是深棕色的，所以放在沙发上的浅色的东西就会特别显眼。是的，那里坐着一个人，半长的头发垂下来挡住了脸，她的腿上横放着一把长伞，而衣服……是白底蓝纹！这不就是……火车上那个……

我立刻回头，老板正把本子合上。实在佩服自己的眼力，就在那转瞬即逝的瞬间，我奇迹般地撩到了两个字：刘湘！

刘湘？刘湘！难道……真的是……

那时我还在上初中，妹妹还是小学生。

小学生的一项重大娱乐活动就是把同学带来家里玩，美其名曰"做作业"，其实就是趁家长不在的时候疯玩疯闹到天黑，大部分人送伙伴走的时候作业 个字都没写。

那天是星期六，我到家没多一会儿，就有人敲门。我打开门，不出所料，是我那从小就不爱带钥匙的妹妹，身后还站着个梳马尾辫的小姑娘。

"哥，这是刘湘，我同学。"

她轻轻点头，冲我笑了笑。

小时候，老妈给我最多的评价就是：不招人待见，说话不过脑子。我一直不服气，但是我必须承认，有些时候，某种太强烈的想法——尤其我知道这是会令人讨厌的那种——我是非说出来不可的。

"哎呀！"我紧盯着那女孩，大声惊呼，"这么小的嘴，怎么吃饭呀？"

她立刻低下头，脸一下子红了。

小琳怒瞪我一眼，呵斥道：

"给我们拿饼干去！"

我灰溜溜地闪开。

等我抱着饼干罐站在大屋门口时，她们已经在桌子边坐好，摆出了一副"认真学习"的假象。我妹妹正拍着胸脯装腔作势地说：

"你别搭理他。大惊小怪！待会儿我替你收拾他！"

我心里正暗骂这死丫头吃里扒外，却见刘湘腼腆地摇摇头，笑容中带着一丝羞涩：

"没关系的。许飞哥是夸我漂亮呢。"

哼！谁会喜欢你这种乳臭未干的……

我狠狠地拍了门一下，翻着白眼，目空一切地走进去，把罐子狠狠地放在桌上。

后来，刘湘经常在这个时间来我家。毕竟她是女孩子，文静一些，她和我妹妹没有闹得天地变色，多数时间只是面对着作业本闲聊，主要是她讲故事给小琳听。她的故事时不时有一句半句地钻进我耳朵里，内容是关于她养的宠物——一只"熊"。开始我还以为是那种没有尾巴，长得像耗子的小动物，多听了几句才知道，真的是能出产熊胆的"熊"。我暗自怀疑，但她言之凿凿。那是她在家附近的树洞里发现并收养的。不过，熊这种动物，应该不是随便在树洞里就能捡到的吧？

为了交代这奇特宠物的近况，她每次来都要讲上一段。有时候她忘了，妹妹还会主动问起，提醒她快说。我也好奇，就跟着刘湘的进度，像听评书一样一段段听过来，但心底始终对故事的真实性带有一丝怀疑。

她故事的大概内容是：她如何发现了它，把它捧回家；一个软绵绵的小东西如何在她手掌中喘气；她如何瞒着父母，把它养在自己屋子窗外的花园里；她如何钻到地洞里带食物和水给它；它生病了，她如何悄悄地跑去探望，直到它奇迹般地好转；它走丢了，她如何着急，走了很多路才找到它……她表达得很好，要描述的画面如同电影镜头般清晰地在我脑海中浮现，让听众产生一种错觉，好像当时自己也在

第
二
章

场，这只熊是我们一起养的。

故事最后讲到小熊长大了，她只好把它送回捡到它的地方。她讲的时候，已经不能继续安坐在椅子上。她站起来，激动地到处走着，眼睛发红，声音颤抖，显得哀伤却欣慰。我仿佛真的看见一只成年的熊，站在树洞旁边的草地上，正挥着巨大的熊掌向她道别……我嗓子一哽，心中豁然开朗：何必计较真与假呢？这是个好故事，不是吗？

那天她走以后，我的心情依然很激动，便问小琳：

"你觉得她说的是真的吗？"

小琳笑得很甜，很灿烂，郑重地说：

"不是真的。但我相信她！"

这句话同时道出了我的心声。

妹妹升上初中后，她俩仍然在一个学校，可惜不在一个班。

刚升学时，她们几乎整天腻在一起。过了一段时间后，两人渐渐疏远，但约定互相之间要经常电话联系。

几乎所有人都相信过感情的永恒，可是，两个人一旦分开，在不同的生活环境中，接触不同的人，即使凑在一起也没有共同话题，即使再念旧又能怎样？

两人见面由最开始亲切的谈天说地，慢慢变成"你好我好大家都好"的互相客套。在"刘湘"这个名字就快从我们的生活中消失时，她们学校出了一件事。

事情的起因是刘湘与她新交的一个朋友聊天，说起了各自的家庭。她说她并非父母亲生的，是领养的。虽然他们没有对她不好，但自己自从知道这件事后，心里总是幻想着与亲生父母一起生活的情景。可以想象，她描述时一定楚楚可怜。

和她要好的那女生，偏偏流着稀有的热血，很有几分侠义心肠，但同时也有点莽撞。虽然这是人家的心事，她应该为刘湘保密，可是她既然已经知道了事实，难道就只能冷眼旁观？

于是，她冲到教研室，把这件事转告班主任，希望她能多关照刘湘。那老师恰好是个新来的，还没背会"分数等于一切"的公式，觉得学生的心理健康是件大事，就叫来刘湘，表示想和当事人谈谈。据说，当时刘湘站在办公桌旁一言不发，两只眼睛忽然涌出泪水。泪水都没有滑过面颊，直接滴在一摞作业本上。刘湘随后立刻跑出去。这个"据说"，是据我妹妹说的。当然，她也是听来的。我不知道具体经过是不是这样，反正谣言一向比现实更惊心动魄。

再往后是家长会。老师自然在会上旁敲侧击。刘湘妈妈感觉到不对，表示自己会后想留下和老师单独聊聊。双方将所有事一说开，都大惊失色：从来没有一个孩子会拿自己是不是父母亲生的这种事情开玩笑！

第二天当然是通报点名批评刘湘，全校哗然。小琳为她感到不平：

"她只是……只是想体会一下那样的感觉，我相信她说的时候，真的以为自己是个孤儿。你明白吗？"

我明白，可是别人不理解。老师对她青眼变白眼，那好友也沉浸在受骗的怒火中无法自拔，其他同学更是对她筑起防线，与她保持距离。在一个说话没任何人相信的地方，毕竟是待不下去的，那个学期一结束她就转学了。刘湘之后只和小琳通过一次电话。

电话放下后，我问了声"她怎么样"。妹妹脸色发青，带着假笑，语气尖酸地迁怒道：

"没……事……她过得很好呢。就是她父母多了一句口头禅——有本事找你亲爹妈去！"

下一次得到刘湘的消息是在电视上。

她中考成绩优异，考上了市重点学校，那是一所全国顶级大学的附属高中。该大学校庆时，许多媒体都纷纷赶到。校庆联欢会的节目也五花八门，她们中学也派了乐队和话剧团登台献艺。后者的表演反响热烈，而剧中主角正是她。台下回归母校的校友中，恰好有一位当红的艺术评论家……几种因素一凑合，结果就是她一举成名，被高度评价为"极有前途的表演人才"。一时间关于她的报道铺天盖地，就连以前让她深受其害的那件事都作为逸闻被广泛传布。还有消息说某名导演对她赞赏有加，因为她颇具古典美的相貌，准备请她在新近的一部古装连续剧中担任一个角色。

我们也挺高兴，以为她以后会一帆风顺了。可是，人在什么时候最容易遇到不幸？答案往往是在他已经看到幸福的曙光之时。

这股热潮刚平息不到一个月，刘湘的名字再次遍布各大报纸，报道的内容也更轰动。某高架桥下发生一起车祸，赶去处理的工作人员在那辆与桥墩亲密接触的车中发现了她。她满脸是血地趴在方向盘上，被立即送往医院抢救。车厢中弥漫着酒味，还有一个破碎的酒瓶子。

但是，现场并不只有这些。有小道消息说：前排车座的背后也有血迹，说明有个坐在后排的人也受了伤，也就是说，碰撞当时车里还有其他人。而且事故车是属于出租车公司的，她就算会开车，人家又怎么会让她开？

关于这件事的诸多疑点，连我这种没什么侦探头脑的人都看出来了。但以事实为依据是警方的原则，有些无良媒体往往会将事情朝最耸人听闻的方向渲染。

第二章

三个月后，真相姗姗来迟。警方逮捕了在逃的出租车司机，他交代说：

出事前一天，自己和老婆闹了点别扭，怄气怄得都没睡好觉。那天活又特别多，自己忙了一天，到了晚上，已经特别累了，但气没消，不想回家。然后自己就买了瓶酒，准备找个哥们喝两盅，顺便在人家家将就一宿。正开着，那姑娘就招呼我的车。我本来不想拉活儿了，但后来一想，送上门的钱干吗不挣呀。也赖她，她就顾着坐车，也不和我说句话提提神，我这眼皮就往一块凑合……等到下一次睁眼，车已经撞了。我一下就醒了，看看自己，倒没怎么样，就是擦破点皮。我赶紧下车，开门一看，她的脑袋贴在前车背上，人好像晕了。我把她抱出来，就着路灯一看，她满脸是血。我当时都蒙了：难道我杀了人了，这可怎么办呀？正好这时候又闻见了酒味，知道是那酒瓶子打碎了。我一琢磨：这要是让人抓着，肯定说我是酒后驾车，过失杀人，那我不是要蹲监狱了！吓得我把她扔在驾驶座上，没命地跑了……

这个消息又轰轰烈烈地传开来。无良媒体始终不甘寂寞，没有因为自知理亏而收敛，又开始为原来贬斥的人鸣不平。一时之间众说纷纭，最后分为"给他们宽松的发展环境"和"严格苛刻的教育才是真爱"两派。两派在报纸的版面上展开论战。虽然大家都知道，最终结果一定是"视情况而定"，"一个'度'的问题"，不会对现实产生任何实际影响，可这并不妨碍他们乐此不疲。

"刘湘事件"就像历史书里说的"导火索"，存在的意义仅仅是引发一个更大的历史事件，而它本身几乎无人关心。所以，尽管我特别留意有关她本人的消息，但也只收集到一点：她出院后，退出了学校的话剧团，也休了学，从此销声匿迹。至于后事如何，我不知道。

那个身影越看越像刘湘，我的心情就更无法用言语形容了。如果那件事没发生，她的身边会不可避免地围绕着闪光灯，不可能这么清净；如果那一切没有发生，现在我走向她就像是一个追星族走向一个名演员，而不是一个普通人走向他的故人。真是世事难料。

我站在她旁边。虽然心中已有九成把握，但为了以防万一，我还是扭着头，眼睛看着别处，假装自言自语：

"刘湘……"

女孩将头发　甩，转过头来。一看那标志性的樱桃小嘴，我不禁失笑，她一定是刘湘本人没错了。

我认出了她，她却没认出我，皱着眉，一脸困惑：

"你是……"

"你不认识我了？"

第二章

"对不起，"她的语气十分小心，似乎在仔细斟酌，"你的声音……我不记得，不过声调倒很熟……"

和我在火车上的感觉一样，真是英雄所见略同——好像也不是很恰当。

"那我妹妹你总该有印象吧？许琳，想起来了吗？"

只见她的表情僵硬了一会儿，然后，她的眉头如慢动作般渐渐舒展，嘴也缓缓张大（虽然还是没有多大）。她猛地站起来，我以为她会马上扑过来握住我的手，没想到她只是与我击掌：

"你是许飞!"

我心里默念：在这么多年后的今天，连声"哥"也不叫了。不过也对，都这么大年纪了，再按原来的叫法就显得暧昧了。

"不提那丫头，你就认不出我了，是吗？我真的变了很多？好多人都说我长得和过去一样啊。"

"也许吧，咱们确实很久没见了。"她赔着笑，又皱起眉头，"我是不是没变样呀？你怎么能一下子认出我？"

"我和你坐同一趟火车，在车上就觉得你眼熟了。你长大后的样子我又不是没见过。顺便说一句，你衣服的样式真特殊，也很漂亮。"

"长大后？在电视上？你也知道我的事？"

"是啊。我当时听说你出院，然后退出学校话剧团，最后还退学了。我多次打听你后来怎么样了，但一直都没消息。小琳往你家打过几次电话，都没人接。"

"我搬家了，电话也换了。"

我推测她一定是为了躲清净，不再受到骚扰。谁有她的经历，都会视媒体为仇人。可她似乎并不在意说到这个，只是微笑，接着像忽然想到什么高兴的事，露出一副欣喜的样子，说道：

"你最近……还好吧？"

"不好不坏。你呢？工作了吧？干什么呢？"

"卖字。随便写点东西。"

"写手呀。什么时候开始做的？"她偷偷一笑，"你居然到现在还没饿死。"

"目前还能凑合过，不过也快坚持不下去了。我从小就喜欢理科，文科成绩一般，确实不适合干这行，也就是混口饭吃。"

"听起来很难呀。"

"谁说不是呀？写什么小说都不容易，但是按照我的经验，还是难易有别。写侦探小说最不能马虎。别的题材，你写不好，人家顶多说你'俗'；可要是敢瞎写侦探小说……"

"会被人骂个狗血淋头？"她笑了，接口道。

"何止呀，简直是在狗血中遨游！"

"是吗？如果是这样，你还能糊口吗？"

"倒没严重到这地步，写出来的东西也有受到好评的时候。作家嘛，经常是一阵子忙得要死，一阵子又闲得发慌。任务要是接得太紧了，也难糊弄。有时候实在是逼急了，我就拿着两沓稿纸，左右开弓，这边写言情小说，那边写侦探小说。哪个思路断了，就转过去写另一个……"

"那还不写串了？"

"就是呀。这边杀人杀得含情脉脉，那边谈恋爱谈得月黑风高……"

"结果呢？"

"当然是两篇都被人扔回来了。"

她笑得更开朗，腰都有些弯了，却还是微微掩着嘴。

"别说我了，说说你吧。"

"我？我有什么好说？每天没事干，在家空虚地待着……"

"没'空虚'出什么成果来？"

"'空虚'嘛，说文雅一点叫'酝酿'。我正在构思一些故事，准备等以后条件成熟了，就自己写剧本。"

"剧本我没写过，也不容易吧？"

"当然。"她严肃起来，"话剧的最高境界就是将演出时的随便一个瞬间抓拍下来，都可以用作剧照，所以话剧的剧本不光是对话这些文字上的东西，舞台的安排、演员的表情动作都要考虑进去。话剧作家的脑子里必须有一幅幅画面，其中的细节非常繁杂，很难掌握……"

"不过你擅长这个呀，说都说得这么头头是道。我倒对话剧感到好奇了，以后找本介绍话剧的书了解了解。"

"这些理论你可没处看去，都是我自己瞎琢磨的。我没受过这方面的正规教育……"

"但是确实有道理呀，也许这样写出来的东西，真能打破陈规呢。而且你写的东西，你演一定最合适。"

我立刻知道自己说错话了，因为她用手拨开头发，手指滑过了额上的疤痕。

这是那次车祸的"纪念"吗？我原来就觉得，她受的挫折固然不小，但以她的执着，怎么会那么轻易地退出演艺圈？这疤痕才是真正的原因吧？当然，脸上有伤，并非一定不能当演员。以现在的化装技术，想掩盖一道疤实在太容易了，只是导演或者观众没必要将就这个不完美。想演戏的人很多，他们的脸上大多没有疤。

她摇摇头：

"不行呀。我怕是这辈子都不能再上舞台表演了。"

她语气有些怪异，似乎格外强调"舞台"。我不知说什么，就随口问：

"当演员很辛苦吧?"

"是呀。有时候一天连着演好几场,中途就休息几分钟,让演员及工作人员用来吃饭喝水。但我也不敢随便吃喝,因为……要控制生理机能……"

"那不是很难?"

"还好,演过几次也就学会了。大家都只看到演员光鲜的一面,其实呀,"她笑着感叹,"表演呢,真不是那么容易的。演员不但要扮演他自己的角色,有时候还要充当移动布景。上台后往哪个方向走,走几步,到什么位置,是一点都不能马虎的。还经常要和其他演员组成某种图形,摆出某种阵势,暗喻某些特殊含义。甚至脸冲着哪边,和观众的目光要形成多少度的夹角……哎呀,可麻烦呢。"

"居然还要用人本身去构造……"

"这样比较有整体效果。如果说到单个演员上,光靠台词永远不够,还得加上肢体语言。尤其是实际演出时的台词很难表达细微的情绪,这大概就是大家不习惯看话剧的原因。但加上动作就不一样了,比如……比如一个自以为是、高高在上的女人,你要让她说什么来体现她的性格?而一个简单的握手动作就可以充分显示这是个什么样的女人了。要这样,人先要站直,但不能太直。身体向左微倾,肩膀向后挺,左手争取藏在背后。头往左偏,抬起下巴,眯着点眼睛，右手递出去，但胳膊要弯，手指也不可以平伸，要放松，无名指和小指略勾起来，争取只让对方握到食指和中指……"

她说到哪儿，姿势也跟着摆到哪儿，一个骄纵傲慢的女人就跃然眼前了。

她似乎意犹未尽，还侧转身子，将一只手高高抬起，然后轻缓地放下，抚过沙发，好像是嫌弃上面不存在的尘土，然后才放心坐下，并立刻跷起腿。

"哈！你这副样子真像火车上坐在你对面的女人，她……"

"那是我表姐。"

又说错话了！不过还好，也没说出什么不好听的。

"我说许飞呀，"她双手故作斯文地搭在一起，拉长声音，"愿不愿意帮我个忙呀？"

我也玩心大起，急忙点头哈腰：

"承蒙您不嫌弃。当刘小姐的跟班是我毕生的梦想，我就说这两天会碰上大好事，没想到这么快呀！今天得到这个机会，真是在下三生有幸。前两天我去扫墓的时候，看到前面有些许火光，还以为发生了森林大火，后来一调查，才知道原来是我们家祖坟在冒青烟……"

她"扑哧"一笑，随即收敛，表情回归轻蔑：

第二章

"奉承嘛，就不必了……"

"总之，在下竭诚为您服务。先做点什么好呢？"我用余光扫了扫周围，看到柜台旁边挂东西的铁架，"您都进屋这么长时间了，还拿着伞干什么呀？我帮您挂上去？"

她递伞过来：

"还有，你再帮我问问我的房间是什么情况。这房间离楼道口太远吧，不方便；离得太近了，人来人往又太吵。这住的地方可不能随便，我刚才就想问了，可是一想到要自己去，又怕累着……"

我来到架子前，旁边伸过来一把伞。我连忙回头看，发现是个白胖女人。她就是在火车站的乞丐边驻足的那位女士。后来我又看她走到柜台前，问老板说"你看没看见我儿子？不知这孩子又上哪儿疯去了"，我想她一定是那倒霉孩子的母亲——任莉莉。

等她上楼了，我去向老板打探，然后火速向刘湘回报：

"已经给您打听清楚了。这里以前是某厂的职工宿舍，后来才改建成旅馆的，所以整体结构有点奇怪，您可多担待。从楼梯上去，向左拐，再往里走，左手边有一间大屋，那是水房。再往里走有两扇小门，靠外的是男厕所，另外一个就不用说了。过了水房再往里走，才是住宅区。右手边第二间房，就是您的房间了。"

"这么麻烦呀……真是的。算了，出门在外，也不能太讲究。这里的住户也不知道都是些什么人，我可不能跟不明不白的人搅在一起……"

哎哟，还演呀？没关系，我奉陪到底！

"这个小人倒是早有调查。住在这里的有一对姓齐的老夫妇……"

她又拿腔拿调地说道："说得这么笼统，叫人家怎么听得懂啊？那两人都叫什么呀？"

"齐近礼，李敏贞。其他还有姓江的一家三口，江源、江汩、任莉莉。另外……"

我往田静那边看，她依然坐在沙发上，人如其名地安静。她穿的一身银灰色的衣服也十分明朗高雅。我想起刚才就是因为她我才没有找到吕良的名字。我都来这么半天了，现在再去借登记簿恐怕要惹人怀疑了。但我也不能大张旗鼓地征求，要不找个人顺口问问？就选田静吧。别看我与田静间连话都没说一句，但我对她有一种直觉的信任。

我正转身要走，这时眼前闪过一个人，那衣服、那侧影，不正是火车站那个……年轻的中医……叫什么？对，方擎岳！这名字我算记住了。

"哎!"

他愣愣地盯着前面，过了好久才转身看我，虽然很惊讶，却也睁大眼睛笑开了：

"嗨！是你呀！"

"你也住这儿？"

他使劲点头。

刘湘站起来说：

"你们认识？"

"是啊。刚才在火车站，多亏他帮忙呢。他是位中医……"

我还没说完，她突兀地伸出手，这回倒是没有经过艺术加工的正常动作。方擎岳错愕了一下，只好过来握手，问道：

"这位是……"

如果我说刘湘是"妹妹的同学"则显得太生疏了，干脆取个巧：

"刘湘，我同学。"

我说出来才意识到我们看起来完全不像同龄人。即使我与刘湘是真的同学，在外人眼里，看似亲昵的一男一女怎么会是这么单纯的关系呢？果然，他皱皱眉，做心领神会状：

"噢……噢……噢，我明白了。"

我知道他误会了：

"你不明白！你明白什么呀？它不是那么回事……"

"你不用和我解释呀，我真明白……"

"你真不明白……"

眼看我们就要反复倒腾这两句话了，刘湘的笑声打破了僵局：

"你们闹什么呢？这有什么值得争辩的？"

我赶快闭嘴，方擎岳说：

"好，我们就此打住。哎，对了，你那个……那个哥们怎么样了？"

"哦，医生说要留院观察。我真没想到，只不过发个烧就……"

"病不分大小，怎么可以耽误呢？"他眼看又要激愤起来，但又控制住了脾气，"你看我，对不起呀。在火车站也是，我平时说话，不是那么不客气的。主要因为职业习惯，我看见那些不遵医嘱的人就上火……"

"上火？"刘湘笑起来，"您可真敬业呀……"

"没办法，这词我最熟。"方擎岳也跟着笑，转向我说，"等等，说了半天，怎么称呼你呀？我还不知道呢。"

"哦，在下许飞，请多关照。"

他握着我的手，说道：

"你好你好……"

第二章

我们三人聊得其乐融融。说实话，这一整天下来，这是我最开心的时候。

但老天好像故意不让我继续高兴似的。大厅门骤然大开，为首一人来势汹汹，大步走到厅中站定，他的后面跟着黑压压一片穿制服的人，给人一种大兵压境的感觉。这种气势，绝对来者不善，多半来找茬的。

老板小心翼翼地走出了柜台，低下腰，我以为他要口称"差爷"，而他说的是"警察同志"。虽然这才正常，可我总觉得不合适。

"警察同志，你们这是……"

最前面的那个人，显然是管事的。他面无表情，浑身上下透着一股傲慢的气息。如果硬要从他的这张脸上挑出一点亲切的地方，那就是他的下颌。他的下颌出奇地长，而且有点弯，形状像个铲子。他说起话来，下巴像在挖什么东西。人的脸上竟然有这么大一部分可以活动，实在稀奇。

"你们这里有没有一个叫吕良的？"

"有，有！"老板翻着登记簿，指指点点，"您看，这里！您找他有事？"

那人长出一口气，似乎不能忍受眼前人的愚蠢：

"今天早上，我们发现了他，在火车底下。"

大厅里顿时响起一片倒吸冷气声。我心想：他死了？就是火车站的那件事？难道……

他大致瞟了一圈：

"这个人，我们追踪很久了。他是几个月前发生的一宗入室抢劫案的嫌疑人，携带着大批赃物。我们怀疑那些赃物就藏在他落脚的地方，因此必须全面搜查这里。"

他拿出一份文件：

"这是搜查证。"

说话间，楼梯那边响动不断，显然是很多住户听到了消息下来看看。所有人——不管是后来的，还是原来就在大厅里的——都显得不知所措。当然，我也一样。

这不对劲呀。吕良不是报案人吗？怎么变成嫌疑人了？还是……哦，我明白了，吕良的死，本身就证明了他说的毒品交易有几分可信。入室抢劫云云，不过是警方的借口，警方的目的是要彻底搜查此地。如果在哪个住客那里发现与毒品交易有关的东西，比如针头、锡纸什么的，恐怕就说不清楚了。

我深信事情就是这样。想到人家都蒙在鼓里，只有我知道内幕，我不禁得意起来，转念又想：

不对。交易嘛，有卖方，也要有买方。手里有货的那人已经落网，剩下的这人应是出钱的。可是钱又不会经过买卖人的手……唉，恐怕这些警察会无功而返了。而且警方说搜

第二章

查便搜查，难道就没人反对了吗？

"哎，等一下。"孩子他妈——任莉莉开口道，"嫌疑人的房间看了就看了，其他人的房间也要查吗？"

"我说的是'全面'搜查。"

"哦，那我们的行李是不是就……"

只见那个警察不动声色，眼睛直直地望着前方，说道：

"罪犯非常狡猾，他可能把赃物藏在任何地方，请大家配合我们的工作。"

"可是……"

他严厉地看向任莉莉，任莉莉立刻闭嘴，但不甘心地瞪回去一眼。之后便再没有人敢说什么，搜查于是正式开始。

一楼主要是旅馆内的公共场所，比如大厅、餐厅、厨房、仓库，还有工作人员的休息间和员工宿舍。按照我刚才的想法，这次警方搜查的重点应该集中在客房上，搜查一楼不过是掩人耳目，所以警方搜查一楼的过程显得漫不经心。大家也漠不关心，只有老板一个人跑前跑后。

终于，警方开始搜二楼客房了。警察们拼命往楼上跑，生怕有人趁机藏起什么违禁品。住客则担心警方大手大脚，弄坏了自己的东西，所以紧赶慢赶，企图抄到警察们的前头。

我也"入乡随俗"地跑起来。旁边还有人挤我，我一看是田静，想起还没和她打招呼，本来想着"你好"两个字多容易说，可是到真的要说时，反而卡在嗓子里，心里更是充满顾虑。过了很久，我终于下定决心，竭尽全力，才挤出一声非常细微的"哎"。好在田静听见了，冲我轻轻一点头，算是回答。就这么点小事，我居然紧张得直喘气，现在做完了，又好像经过了九死一生的考验。想想我这次来，也算是当侦探来了。想象中的侦探应该是面不改色地穿梭于众人之间，与众人谈笑风生，现实……唉！看来侦探真不是随便哪个人就当得了的。

　　到了二楼，才发现我认识的这些人原来住在非常紧凑的六间屋里。一条走廊，左右各有三间房，左边从外往里依次住着我、方擎岳、任莉莉和她儿子；右边则也是由外到里依次住着田静、刘湘、江源。那对老夫妇嘛，应该住在客人比较少的三楼，他们大概是想图个清净吧。

　　房间的排列让我想起火车上的铺位，我继而想起鸟笼子，再结合这场大搜查，我耳边几乎要听到受惊的鸟猛拍翅膀的"扑啦啦"的响动了。眼前的情景只能用鸡飞狗跳来形容。

　　一个警察正要拿起桌上一沓写满密密麻麻字的纸，方擎岳高呼：

"我的论文……"

结果还是没有挡住。那警察轻率地将整份论文端起，纸中间掉出一道金光。等那金光落了地我才看清楚，原来是一支钢笔，大概是方擎岳顺手夹在里面的，结果……

他立刻扑过去捡，随后拔开笔帽，眼睛呈斗鸡眼状盯着笔尖。随后，他用钢笔在纸上画了画，就着急地跑去斜对门：

"请问，您有墨水吗？借用一下成吗？我那瓶正好用完了……不知道是笔坏了还是……"

门里的江源先生显然没空搭理他，他正对警察说着：

"哎，你们……别动我的笔记本电脑。怎么？你们还要开机看里面的内容吗？里面可都是商业机密，如果外泄要出大事的。别，别，那个插销不是那么插的……"

幸好任莉莉听见了方擎岳的话，拿着墨水瓶敲了敲他后背。方擎岳用钢笔吸了两下，拿出来后又在纸上画了几道，看见钢笔没问题，他才眉开眼笑。

任莉莉刚接过方擎岳还回的墨水瓶子，转身看见人家正在翻她的《编织花样大全》，顿时嚷起来：

"那是我的书签，别踩！唉，这回页数可乱了。别把我的书弄脱落了线……"

她的儿子也不甘寂寞地拿着一本字帖，在一个警察腿边叫着：

"叔叔，要不要看这个？我写得很好……"

而田静显然很讨厌这些"破坏"行径，她坚持站在楼道里，怀里像抱宠物猫一样抱着一本厚书。那书干净地包着皮，她一定也是爱书一族。

"这本《康德文集》，我可是搜了好几个书市才买到的。你别动，你一定要看的话，我给你们翻。"

任莉莉作势要打开书。对面的警察翻着白眼，摆着手表示不用。

我被闹得心神不宁，觉得这些人真是大惊小怪。不过反过来想，谁没有点不愿意让人看见的东西呢？说起不愿意让人看见的东西……

我立刻跑回自己屋门口，正好看见一个警察从我的包里抽出日记本：

"干什么呢？别瞎翻！"

我马上将日记本抢过来，跑出门外，还是惊魂未定，心想：想不到生在现代，也有机会看到抄家！

家？家！

完了，我这下死定了！

第二章

第三章

我冲下楼趴上柜台，冲老板说道：

"借电话一用。"

老板一脸不痛快的样子——要是有人在我地盘上这么折腾我也不会太愉快——但他还是"嗯"了一声，然后低头记下什么，大概是"许飞用电话一次"？

自己到了地方之后居然忘了给家里报平安，妹妹在家不一定多着急呢。

"喂，小琳，是我呀。我到了……"

"哦，到了呀。"

"你猜我在这儿碰见谁了……喂，喂！妹妹居然挂了电话……"

死丫头，一句话就把我打发了。随后，我又给张臣打了一通电话。相比之下，张臣就热情多了。

"什么？死了！"

"您小点声。是呀，就是我们那趟车……"

"那么说，吕良还真说对了，信里提到的那个人，多半就是杀害吕良的凶手。"

"这是一起谋杀案？"我的声音特别轻。

"估计是。"

"可是，关于那个人的具体信息，信里简直和没说一样，只知道好像是旅店的某个住户。"

"应该有其他办法缩小范围。吕良知道了不该知道的事。可是，凶手怎么知道吕良知道了呢？"

"我明白，这个道理我听杜公子……说过。"

"也就是说，我们要知道死者对哪些人吐露过他的想法。有可能认识吕良的人，都要被列为嫌疑人。"

"哦。"

"按时间算，我还以为凶手已经走了呢，看来他没有。凶手一定是知道自己暴露了，想留下来等待机会杀人灭口。对了，从出事到现在，有没有人离开旅馆？"

"我刚才也听见一个警察这么问老板，老板说没有。这么说来，凶手……还在……"

"别说了。咱们就聊到这里，有事听杜公子的。他要是还说不出话，就让他写字条。"

"您以为他不亲自打电话给你是因为失声？不是，他……病情好像不太乐观，现在正在住院中……"

第
三
章

"太好了！"

"好？"住院了还好？

"这样他就不用和凶手近距离相处了……唉，我这还白操心了。你也注意安全啊，凡事小心点！"

我放下电话，回头看了看，大厅里几乎不剩什么人。搜查的人和被搜查的人，大家都跑到楼上去了。只有刘湘还坐在原来的位置，好像正默默地想些什么，仿佛这一切与她无关。

我走过去坐在她旁边：

"还是你沉稳，泰山崩于前而色不变。"

"也不是，我本来就没带多少东西，让他们搜去。"

好像是为了配合这句话似的，一个警察下楼来说：

"谁的东西这么少呀？除了衣物之类的必需品，就一台随身听……"

她微笑起来：

"谁说只有随身听？还有磁带和电池呢。"

"那还不是一套的？你故意捣乱是不是？我们在这儿可是执行公务……"

我站起来说：

"你们不是要搜死者留下的东西吗？可是，我们是坐出事的那趟火车来的，那个人死的时候，我们还没到这儿呢，本来就不应该挨搜，你说是不是？"

"你！"

领头的那个警察过来制止。听他下属对他的称呼，这人应该姓"何"。

"你是从北京来的？"

"对。"

何警官的眼睛忽然放光：

"你姓？"

"姓许。怎么了？"

他居然伸手捏住我的下巴：

"姓许？不姓别的？"

我一甩头，打开他的手：

"废话！姓有随便乱改的吗？"

他没有发怒，只是撇嘴笑笑，恢复到无表情状态。

楼梯间又有响动。我认识的住客们陆陆续续从上面下来，一个个都心力交瘁。

那个高大的老头，一手攥着拐杖，另一手搂着个罐子，"噔噔噔"地跑下来。老头的后面追着个警察，那警察喊道："我就看一眼，您跑什么呀？慢着点……"

要说这老人家真是老当益壮，别看警察年轻，在速度上依然不是老人家的对手。要不是他跑过柜台时，拐杖的弯钩挂在了架子上，因此耽搁了一下，警察还真追不上。

那警察为了表示自己是无恶意的，伸着双手，无奈道：

"我不动，就是想看看……"

齐老头瞪着他，把罐子护在身后。

除了警察，其他一些人也盯着那神秘的罐子，我不能免俗地在猜测罐子里面到底装的是什么，值得老头这样保护？或者罐子本身是古董？可是那看起来就是普通的瓷制品。

在警察的再三劝说下，老头才极其不愿意地揭开盖子。这实在太具悬念，不少人围上去看，只见里面是半缸清水，其中浸泡着一副晶莹剔透的假牙……

大家见到此物后迅速散开，各自都是一副不屑的样子。老头不服气，说道：

"吃饭的家伙……难道不重要？"

老太太不知什么时候走了过来，说道：

"警察同志……"

虽然老头想制止老太太继续往下说，但还是没有拦住：

"能不能顺便帮我个忙呀？是这么个事，昨天我眼镜盒不见了，里面不光有眼镜、眼镜布，还有两个金戒指，用红线缠着的……"

老头插嘴："让你别藏在这些乱七八糟的地方，你就是不听！"

老太太白了他一眼：

"要说也不是什么好东西，可那是闺女给买的……"

"怕是有人捡了东西，不知道往哪儿还。所以想借今天这个事儿……"何警官冷笑说，"所以你想让我们帮你搜查，查出是谁'捡'到了？"

何警官挑明一说，老太太反而不好意思了：

"不是，捡到的人估计就是忘了……"

正说着，江汨插到跟前，从兜里掏出个紫色的盒子，说道：

"奶奶，这是您的吗？"

老太太赶紧打开盒子，在里面翻弄一阵，确认了没少什么，揣起盒子，笑着说：

"你在哪儿捡的呀？"

"在那边的沙发上。"

"哦，我真糊涂，一定是什么时候在人厅里看电视，看完电视后忘了拿回去。谢谢你啊。"

"不用呀。我早捡着了，要知道是您的，我早就还回去了。"

江汨的大眼睛清澈明亮。在我的想象中，这个小孩穿着洁白的长袍，身后背着翅膀，头上顶着光圈。

"真懂事。"

她摸着孩子的头，对教导有方的母亲点头致意。

何警官看此事告一段落，发话说：

"还有一件事。这旅馆里，现在都有哪些人呀？"

何警官在说话的同时，斜睨着旁边的一个警察。后者诚惶诚恐地念起了登记簿：

"江源，任莉莉，江泪，方擎岳，齐近礼，李敏贞，田静，刘湘，许飞。"

"我能对上号，搜查过一次就都认识了。"他冷笑，"吕良的死亡时间是今天上午十点二十分，请问各位，那个时候，你们都在干什么？"

任莉莉叫道：

"什么意思？拿我们当凶手呀？"

"我们只是想知道谁在现场附近，也许还目击到什么线索，能提供点宝贵资料。"

他说完转身看着我，仿佛期待着我先说些什么。

"是，我肯定在，不过是在火车上。"

"那另一个呢？"

刘湘回答：

"我当然也一样。当时火车应该到站了，可迟迟没开车门。我下车后才知道出事了，和我一块来的表姐还想过去看热闹，被我拦住，随后我们就直接来这儿了。"

何警官的眼睛刚从刘湘身上转开，任莉莉就说：

"你别看我啊，我可不在现场。我当时正在去火车站的路上，到的时候已经出事了。"

"你为什么要去那里？"

"是这么回事。火车站附近不是有好多卖小纪念品的吗？前些天我们刚到这里，下火车的时候，这孩子就看见了那些玩意儿，就吵着要买。今天我实在拗不过他，就让他爸爸带他去了。过了一会儿，我看太阳是越来越毒，这孩子身体不好，我怕他中暑，想着反正火车站也不远，就拿了一把伞送去。我在那儿找着他们爷俩，一家子就一块回来了。"

"我会和你丈夫确认的。"何警官四处看了看，遍寻不着江先生，便连忙问道："江源呢？"

边上传来一个酸溜溜的声音：

"他呀，在上边检查他的电脑呢。"

何警官一使眼色，一个警察便领命上楼去了。

田静轻轻地点下头，像在请求开口的机会，随后便鼓起勇气说道："我当时也在火车站。昨天我给一个同学打电话，她说她要趁这个长假旅游，可是从她住的城市到她想去的目的地没有直达的火车，所以必须在这里中转。她一听说我正好在这儿，就说过来和我一块待半天。她今天早上到我们这儿，就是坐的十点二十分到的那班火车。我在车站准备接她。但车没到呢，我光待着也挺无聊，就想着到处看看，然后我就看见一根柱子下坐着个要饭的瞎子在拉胡琴。然后我就看见……"

她咳了一声，继续说：

"我还看见一个孩子，他拿着不知什么东西，大概是石子，往人家装钱的碗里扔。大概是打出响声了，那个瞎子就伸手去摸，但好像是没摸到什么。然后那孩子又扔，瞎子又摸。这么反复了好多次。这时候火车来了，可是我没理会，就是看着他们，犹豫着要不要过去说两句。那瞎子终于忍无可忍，抄起旁边的木棍，'呼'地砸下来，眼看就要打到孩子的头了，我就大喊了声'不要'……"

田静大概是回忆得太清晰了，那声"不要"直冲云霄，大家统统闭起眼捂上耳朵，我甚至觉得天花板在往下掉土。

"我就这么叫起来。幸好孩子躲开了，没受伤。我刚松一口气，就听见后面有人大呼'啊'。我还想怎么会有人跟着我叫呢。回头一看，人们正在往车头附近聚集，后来就骚动起来，嚷嚷着火车撞死人了。"

"是吗？你当时离出事地点有多远？"

“不是很近。”

“而你居然可以听到那里的尖叫声？”

她失笑说：

“火车站也就是人比较多，现在的火车运行起来也不是很吵，和地铁动静差不多。如果现场有特别尖锐的声音，一定挺明显。那声尖叫比我的叫声还厉害呢，我当然听得见。而且我过去和同学一起看恐怖片的时候，她们都说我的叫声比恐怖片还恐怖。”

是呀，我们都领教过了。

“那你的同学呢？现在在哪儿？”

“哦，我没有接到她。火车站那边出事以后，她打电话来，说在车站没看见我，时间太紧，就不来找我了，准备下午自己一个人坐车走。”

田静说完了，方擎岳偷偷看她一眼，上前一步，说道：

“我……我当时也在火车站。再过些日子我就要走了，我想去那里看看车次情况，顺便看看票卖得怎么样了。我刚向人打听完，正一边转悠一边琢磨，就听见尖叫声，吓了一跳。不过自己也觉得挺有意思：怎么尖叫声也有二重叫呀？原来是……”

他随后便尴尬地笑着不说了，何警官看向还没表态的一对老人。

第
三
章

"我就在附近遛弯来着，哪儿都没去。"齐老头说。

"是呀，我俩就在这周围转转。"老太太补充道。

何警官没有理会他们，提高嗓门：

"好，这次的搜查就到此为止了，死者的物品我们要全部带回去。这里的所有人，听好了。不管你们之后有什么事情要办，即使再重要，也都请各位暂时待在这里，不要离开。如果有什么新发现，我们会再次来这里。"

何警官又看了看他的诸位属下，厉声说道：

"东西都拿了吗？撤！"

我看了看表，已经下午两点了。今天事儿太多，连午饭也耽误了。我与众人都决定补上一顿午餐。

回到空荡荡的大厅，我看到只有刘湘还坐在那儿，一副若有所思的模样。

"我还以为自己吃饭速度已经算快了呢，没想到还是你动作快，甚至快得我都没看见你。"

她"嗯"了一声，我明白这表示她不想聊天。

我坐在她旁边，哆嗦哆嗦腿，也顺便看看周围。田静吃完回来了，后面跟着方擎岳，还有任莉莉，带着她儿子。

大家零散地坐在大厅里。

我本以为人多了，必然要开始聊刚才的事，我也好从中了解点东西。谁知等了半天没动静。谁都不开口，只是呆坐着，偶尔互相递递眼神，大家似乎更中意无声的交流。

田静偷瞄了一眼方擎岳，发现他正在看自己，就抿抿嘴，扭过脸假装看电视；方擎岳别开眼睛，干咳一声，长出了口气；任莉莉听见了叹气声，掀起眼皮瞧瞧，赶快转向她儿子，好像要将全部精力都集中在他身上。

我算看出来了，大家好像都想说点什么，可是谁都不愿意先开口，所以就在各自比拼着定力。我自愧弗如，只好认输，开口道：

"今天还真闹腾呀。"

我不痛不痒地捅出一句，没想到反响热烈。

"就是呀，搞什么搜查，东西都弄乱了，还得我再收拾一遍。"任莉莉抱怨道。

"他们还说要再来呢，我可不希望他们再来，来一趟都已经够烦了。"田静附和。

"现在倒好，大家都被扣在这儿，想走也走不成了。"方擎岳向田静那边瞟着，面带笑容，一点都看不出着急。

这情景让我又想起笼中鸟。你如果把一只鸟挂在树上，它可能不会叫；等树上挂了一群鸟，它也许还不叫；但只要有一只鸟叫了一声，鸟叫声就开始此起彼伏，想拦都拦不住了。

我又装模作样地问道："我今天刚到，还什么都不知道呢，这都怎么回事呀？那个死了的吕良到底是什么人呀？"

任莉莉抢先回答：

"那些人说，他是什么罪犯，确定吗？我觉得，这吕良也就是脑子有点问题，人怪了点，要说是坏人……不像。"

"确实挺怪的，我看那吕良大概率是这里有问题。"方擎岳表情夸张地点着太阳穴，"一个大男人……唉！有一次我去水房洗脸，正好碰上他在里面洗手。你猜怎么着？他正捏着肥皂搓手，他仔细地将手指间的夹缝都抹上肥皂，然后慢慢摩擦手心手背，让你感觉洗手是一种娱乐，而他正在享受洗手的过程。然后他越摩擦越快，像疯了似的，还特别使劲。终于等用水冲干净手了，他又拿起肥皂，再来一遍上面的流程。他每洗完一次手，那肥皂都得磨薄了一层。"

"你也看见过呀，我那次也……没错没错，就是你说的那样。"任莉莉笑着，兴奋得像遇到知己一样。

"那人是有点古怪。"老板也插话进来，"那天早上他出去，没过两分钟就冲了回来，一溜烟往楼上跑。我以为出什么事儿了呢，就跟上去看了看，只见他使劲在拉门把手，然后身体像瘫了似的靠在门上，特放心地说：'还好，锁门了。'"

大厅里突然又有人问：

"吕良住几楼呀？"

"三楼。"

任莉莉回答。

任莉莉看看大家，又说：

"还不止呢。你们还记不记得，那天好多人聚在这儿看《法制》节目……"

方擎岳响应：

"怎么不记得？印象深刻呀。"

"你们说什么呢？"我问，隐约觉得要说到正题了。

方擎岳的话头被任莉莉抢过去：

"那次节目里正在播警方侦破的一起贩毒案。大厅里的其他人都看得好好的，吕良看着看着，忽然笑起来。我们都吓着了，不看电视了，改看他。吕良小声说：'你们不觉得，在旅馆——就像这里——贩毒，不也挺好的吗？'他当时的声音特别神秘，还带些自豪。他说话的时候死盯着地板的一个点，脸上的笑容十分诡异，就好像地面上有什么我们看不见只有他自己看得见的东西，那副样子真让人心里发毛。"

"然后呢？"我问了句。

老板接过话头：

"这是我的店呀，能让他这么胡说？这不是给我找麻烦吗？"

趁停顿的工夫，任莉莉又夺回话头：

"接着他就转过来，问我们觉得怎么样。我们当然觉得这是无稽之谈。他眼睛瞪圆，一只手压着胸口，掏心掏肺地说：'我的直觉没错过，相信我，你们一定要相信我'……"

任莉莉模仿吕良的样子让我回忆起吕良在信中的措辞。我就觉得写信这人有点神经质……

方擎岳好像想补充两句，只是一时没有想到说什么。大家好像都有些激动了，但田静还是温柔地点点头，用始终悠扬的声音说：

"我倒觉得，这种人呀，不能说他怪。从某种角度讲，他是很正常的。我虽然是哲学专业的，但选修过心理学。现在有个特别流行的词，叫'强迫症'，像什么反复洗手，总是觉得自己没有锁门，就是典型的病症啊。"

方擎岳赞赏地笑道：

"你懂得真多。"

田静羞涩地一笑，继续说：

"还有呢。有这种心理疾病的人，除了刚才说的那些症状，还经常疑神疑鬼，比较常见的是被迫害妄想。"

"是不是老觉得人家要害自己？"任莉莉眼睛一亮，"可不是吗？那天，就是咱们一起看节目的次日，中午时，大家正吃饭呢，他突然冲进食堂，声音都岔了，问道：'是谁？谁？谁想杀我？'这么没头没脑的话，谁听得懂呀？后来他又嚷嚷了半天我才明白。他不是摄影师吗？这城市临海呀，他早上去海边拍照，站在一块石头上，结果掉海里了。这倒是真的，我看他衣服半湿半干，可是他硬说有人推他，要不是他擅长游泳就回不来了。我可不信。"

田静笑着说：

"嗯，这非常明显了。当时的情况，一定是这样：吕良看着脚下的海水，觉得非常可怕。他想自己要是掉下去会很危险，所以心里特别恐慌，反复念叨：'别推我，别推我，我不想掉下去'，其实是他自己本身在往石头边缘走，却认为自己是被迫的。"

我忽然觉得冷：

"照你这么说，也有可能是他看到火车来了，自己走向铁轨，最后才被轧死的？"

她一愣：

"这个……这个我就不清楚了。不过，不能光考虑心理因素吧？警察不是说他犯了什么罪吗？也说不定是畏罪自杀。"

"还可能是因为分赃不均被同伙给……"方擎岳的想象力更丰富。

"你说谋杀呀？这种事会让咱们赶上？"任莉莉不以为然地笑。

"我也觉得不会，还是自杀的说法比较可信。你想啊，他没事跑火车站干吗去呀？当然是因为没想开……"

第三章

我灵机一动，说道："凶手肯定知道他去了火车站，尾随他过去，把他……所以，从哪些人知道他要去火车站不也可以用排除法找到凶手吗？"

"哎哟，你想什么呢？不是那么回事。"任莉莉嘲笑我。

老板解释道：

"你不知道。我们这附近有个瞎眼的乞丐，有时候会到我这店门口来要饭。昨天他又来了，他来的时候吕良正好准备出去。吕良一回来，惋惜地大叫：'以前住店，就没注意到盲人这样的素材，怎么老错过。'吕良问在哪儿能找着盲人。我告诉吕良'他经常在火车站待着，你愿意看就看去吧'。吕良一听高兴了，在大厅里走圈，还自言自语'火车站、感光度''取景、火车站'。倒腾一晚上。这不是，吕良今天早上兴高采烈地背上摄影器材就出去了，然后……就没回来。"

我重重地靠在沙发上，心想：这人想做点事情，就一定要如此张扬吗？但我自我安慰地想想，我刚才的说法也不一定对，也许凶手就是想杀他，就整天跟着他，终于今天他站在了铁道旁边，所以才逮着机会……不过，既然已经这样了，就什么都别说了。

"所以呀，"耳边又传来任莉莉尖锐的声音，"根本没那么复杂，什么谋杀、自杀的？也许他只是想从车头前边拍一张火车行驶过来的照片……这应该算以身殉职吧？"

其他几股笑声随之扬起，我不觉得可笑，却也跟着咧嘴。

"谁？"

刘湘突然插了句话。

大家都看向刘湘，只见刘湘扭着身子，面对门的方向。田静走过去开门。

门刚开一条缝，不速之客就挤了进来。田静看着"他"笑逐颜开，我也如见故人——正是今天看见的那条狗。

方擎岳凑过去，拍拍它的头，看着被蹭脏的手，说道：

"你又来了？今天没被虐待吧？"

"怎么？除了我不知情。"刘湘皱着眉头说，"其他人都一副老熟人的样子嘛，这狗常来？"

老板从墙角端出一个碟子，里面盛着剩饭剩菜。没等碟子落地，它就开始狼吞虎咽。田静、方擎岳蹲在旁边观摩。

老板叹口气：

"给你留着呢，慢慢吃。唉，今天中午的时候，这狗在那边'汪汪汪'地叫。那些人不但不给饭吃，还往死里打它。一只小牲口，招谁惹谁了？"

"那为什么还养着它？"

"工地嘛，怕丢建筑材料，牵条狗来吓唬贼呗。既然养着人家，也不好好对待，要不是我喂着，这狗早饿死了。"

"那这狗不就等于是您养的吗?"刘湘说。

"可不是? 第一次是它受了伤，趴在我门口。我看见了，就把它捡进来喂了一顿，后来让那些人知道了，索性不给它食物，每天解开链子一会儿，让它上我这儿来吃饭。我也挺想就这么养着它了，可是它又不在我这儿待，吃完了还是回去，再让人家给它锁上，唉!"

"狗这东西，就是太忠诚了……今天我来的时候，看见那些人……"

我把目睹的事情说了出来，考虑到任莉莉在场，就把她儿子的"光辉行动"给省略了。

刘湘听完，冷漠地评论:

"能欺负人的欺负人，没本事欺负人的，只好欺负狗了。"

我不知道该接什么，就建议和她凑近去看看。她摇头，可能是嫌脏。

这时，那条狗用餐完毕，坐在地上抬头看着老板，脖子上的白毛像一条围脖。虽然一口气吃不成一条肥狗，它还是瘦骨嶙峋的，却一副很有自尊心和责任感的样子，比它的主人们得人缘多了。

晚饭后，我回到自己的屋子，一边整理那些被弄乱的东西，一边观察四周。

床、桌子、椅子、柜子、电视机，可是这电视机光看外观就觉得打开一定有雪花，远没有大厅的设备先进。毕竟大厅是门面，需要多加装点，也难怪大家都往那儿扎了。看着单调的白屋顶、白墙壁，感觉比自己刚来时对旅店的定位还是低了一个档次。整体评价，这旅馆大概算惨淡经营，就是旅人们暂时的落脚点，家的感觉是谈不上了。

屋里就我一个人，我走来走去也没事做，想去大厅待一会儿。可是想到会碰上一同住店的人，又不想去了。为了定心，我摆开本子准备写日记。

但我写日记也不好好写，写两笔，就停一会儿。多怪我吃写字这碗饭，学会了估测篇幅，虽然今天的事就那么几件，但一折合成字数……我就开始头疼。好在我的钢笔十分体贴，恰到好处地没墨水了。我找到借口，把笔一插一扔，决定今天早睡，然后拿起旅馆提供的一次性牙刷奔赴水房。

水房的灯真有个性，平均亮二十秒钟灭一次，而水房门口的楼道附近又没灯，所以水房的灯灭了周围就漆黑一片。我觉得这样比水房的灯根本不亮还恐怖。

我刚刷完牙，方擎岳进来了。我看见他，才想起和他还有话说：

"嗨！"

第三章

"嗨！"他边答应着边往脸上泼了一捧水。

"对了，我一直想问你呢。你怎么和警察撒谎呀？这可不是好玩的，万一他们把你打成嫌疑人呢？"

"撒谎？我没有啊。"他抬起头睁大眼睛道。

"你在火车站遇到我的时候，不是说在'找人'吗？后来你怎么又说去'看什么时候有车'？"

他支支吾吾地说道：

"本来……我是去看车的，可是后来……不是……看见……她了嘛……"

"她？谁呀？"

"就是'她'呀。"

"谁？"我还是不明白。

他不耐烦地看着我，在空中划着：竖、横折、横、竖、横。

田？

我回想起他这一天来眼神的落点：

"明白了，明白了。"

他白了我一眼，说道：

"当时就看了她一眼……我正犹豫要不要去找找她，就听说火车撞死人了。真是特荒谬，我当时第一想法是，撞死的不会就是她吧？其实，有一些你特别不想她出事的人，可是一有事，你就在心里不自觉地'诅咒'她……我不知道你能不能理解……"

"我理解，我太理解了！"

前些日子，小琳和同学去登山。早上她刚出门，我的一个朋友就来了电话，我们天马行空地侃呀。他说起他们单位一个同事的女儿，前两天也去爬山，结果赶上暴雨，被泥石流埋在下面了，好好一个花季少女就……我当下开始胡思乱想，觉得今天小琳去的山区一定会下雨，泥石流是跑不了了，即使只埋了一个人，那也是我妹妹。我放下电话，坐下，站起来，走两圈，再坐下，周而复始。直到小琳推门进来，指着我的鼻子骂"你又把地板踩这么多脚印，自己也不知道擦"，我才算把心放回肚子里。

"然后呢？"

"我就过去看呀。那里围了一圈人，我挤都挤不进去，我在外面听人议论，好像死的是个男的。虽然确定不是她，可是我也踏实不下来了，就到处寻觅，再往后……不就碰上你们了。"

"你帮我们打完车以后，又去找她了吗？"

"找了，到最后也没找着，就回来了。"

"我说呢……在大厅里，我叫你，你直盯着前头，好半天才理我，原来是……看见她在那儿看电视，就安心了吧？

哈哈……你加油啊。"

他面带沧桑地一笑：

"没戏，陌生人永远都是陌生人。"

我被他的语调震慑住。我在发呆的时候，他已经走出水房，却伸头回来加了句：

"倒是你……要加油啊。"

"我……"

还在误会我和刘湘呀？我刚想分辩，这小子早不见人影了。也好，省得我越描越黑。再说我认识他还不到一天，凭什么解释给他听？

我拿着牙杯往外走，灯又周期性地灭了一下，等再次亮起时，江泪突然出现在门口，吓得我一激灵。我没理他，经过他身边时，听见他说：

"那些警察，该问的不问，不该问的瞎问……"

背着人就不叫"警察叔叔"了？这孩子！我不说话，看他继续说什么。

"我看见了……"他带着骄傲的表情继续说道，"是有人把他推下去的。那边到处人挤人，可是人群中闪开一条缝，我就看见了。灰色……"

"嗯？"

得到了我的回应，他笑起来，说道：

"灰色的衣服。"

说完他便轻快地走开了。

灰衣服？我在哪儿见过呀？大厅……沙发上……田静？

我自言自语道：我干什么呢？这孩子说的话，能信吗？

回去躺在床上，我开始想今天的事。

杀害吕良的凶手，大概很聪明吧。他将吕良推下月台，原本已经是非常隐蔽的方法，几乎不可能有目击者。何况用在吕良身上，搭配吕良的性格，简直合适到像为吕良量身定做的死法。如果没有那封信，吕良这样死了，警察来调查，询问这里的人，听到我在大厅听到的那些话，警方便会认为吕良有心理疾病，是自己不由自主地跳到铁轨上……也就是个意外。妙的是，这个结论，不是凶手费尽心机误导警方得出的。死者就是这样的人，不止一个人看到他的怪异举止，难道他们都撒谎不成？我相信他有"强迫症"，但他真的有"被迫害妄想"吗？那次的坠海事件，就发生在他当众猜测贩毒内幕的第二天，也许是一次不成功的谋杀呢。

是啊，谋杀。多亏有那封信，让我们知道他死得不简单。那封信……嗯？信里是不是说，他总是住在这个旅馆，住店期间经常看到某个人……那么这个人，也是旅馆的常客了？明天应该问问老板，如果现在这些人里，有哪个人是第一次来，应该就可以排除这个人的嫌疑了。最好只有一个常客……不过哪有这好事？

当然，除了这个，还要……

第四章

第二天我早早起床，可不是出于自愿。我每次到了陌生的地方就睡不好，还做了个奇怪的梦。我一边梳洗整理还一边琢磨那个梦境。

下楼来到大厅，我发现有两个人比我起得还早。一个当然是老板，他站在柜台后；另一个是刘湘，她坐在电视机前的沙发上。我本想过去叫她一声，可是她还是那副重逢后我看得最多的表情，她真应该在自己旁边树块牌子，写上"思考问题中，请勿打扰"。我再想起昨天好几次都是我过去和她打招呼，她从没主动理我……算了，我也别和她显得太亲近吧，不然就不止方擎岳一个人误会了。

我走出旅馆，拿着城市地图找公交车，想去医院探望杜公子。

我总算没把自己丢了，却来得太早，还不到探视时间，只好坐在候诊的椅子上，看宣传大屏幕。屏幕上翻来覆去就播那几个短剧，有时插播一些热门疾病的防治与诊断，相当无趣。只有一个段落看着亲切些，是该院的名医专访，受访的是个秃顶的老头，他是脑科专家。几个星期前，我在新闻里见过他，新闻里说他和同事们合作完成了一例极其成功的开颅手术，具有"使该领域的研究达到世界最尖端水平"的伟大意义。我一直不明白那些心脏和脑的手术，为什么每做完一次就要报道？难道每一次都那么不一样？唉，我也不懂。

思路从这里出发，我开始浮想联翩。第一个提倡开颅手术的，应该是华佗吧，可惜被讳疾忌医的病人杀了，可见医生一定不要给掌握生杀大权的人看病。而曹操，按现在的话说，得的应该是脑瘤？

我的思绪越飘越远，已经到了不着边际的地步，只听见护士说："行了，你可以进去了。"我这才收功。

单人病房里，杜公子倚躺在床上。旁边站着一个护士，手脚麻利地把点滴针扎进他的手背，然后用胶布封个十字固定，并态度可人地微笑道：

"疼吗？"

杜公子当然是笑道：

"不疼。"

护士说了句："就你一个说我扎得不疼。"

护士刚刚走远，杜公子忽然翻身趴在枕头上，左手微微颤抖。我听到沉重的深呼吸和咬牙切齿声，问道：

"怎么了？"

枕头里传出的声音意味深长：

"疼呀……"

我幸灾乐祸：

"你不是说不疼吗？"

他直起身子，长叹一口气：

"不疼我转神经科了。"

我再笑一阵，标志着闲聊的结束。

谈到正题，我把案情的进展简略告知了杜公子，并说目前还不能排除任何人的嫌疑。说到我怎么采取行动，在柜台磨磨蹭蹭，偷看登记簿时，我还怕他骂我胆小，没想到他却对我大加赞赏，说我无论怎么小心都是应该的，如果进行调查就要这么保守。但他又劝我还是别调查的好，就当来旅游一次也不错。我当然不肯罢休，却也讲不出什么实质的东西，只好分别评价每个人，以此说明我还是有收获的。

"老板没什么可说，典型的生意人。

齐近礼这老头，从旁观者的角度说，很有意思。他的形象绝对鲜活，观赏起来乐趣无穷。但是，还是那句话，你得

第四章

是外人。如果你和他是一家子，恐怕就难以忍受了。

李敏贞这老太太，没有她老伴那样落伍，在时代上至少领先了她老伴十年，脾气也比较随和，没有那么执拗，行事相对变通。虽然他们这一对在各个方面都好像是老头占优势，但我真的不知道，这两个人在一起，谁才是掌握大局的那个人。

方擎岳。我甚至可以想象他学生时代是什么样子：小学时，他非常喜欢当着众同学的面，模仿相声小品或评书的经典段落，连腔调都很像，逗得大家哄堂大笑；上了中学，他会因为过分痴迷于足球、篮球等体育项目而被年级组长痛骂，却因为脑筋灵光而深受数理化老师欢迎；上了大学，他则是宿舍里的一枚开心果。不过，别看他平时活跃，一涉及感情问题他就开始含蓄。如果哪个女孩子要等他主动表白心意，那她有得等了。

既然说到这儿，下一个自然轮到田静。我对这姑娘印象极好，她是我心目中标准的"妹妹"。我时常想象这样的场景：有位朋友来我家做客，我们相对坐好正在寒暄，忽然听见后面长裙摩擦的窸窣声，原来是我妹妹端来两杯新沏的茶。放好茶杯，她在我旁边坐下，两手搭在一起，静静地听人说话。听到妙处，她会掩嘴小笑几声，在恰当时，她还会得体地轻声慢语两句。客人走的时候，不用说，自然是对她

盲
人
与
狗

赞不绝口："真大家闺秀也！"

稍微对比，就会发现理想与现实的差距。我那个妹妹，唉！除了在杜公子面前装过几回绵羊，其他时候都是毋庸置疑的豺狼！

下面该说……对，江泪。这孩子可不是省油的灯，往轻了说，他是人前背后两个样；往重了说，他就是狠毒，从根儿上就坏了。他说田静是凶手，我看根本是陷害。如果哪天他说"我没说过实话"，那么他的嘴里总算说出过一句实话。

至于江泪他妈，任莉莉，我开始觉得这人除了事儿多点，其他还不错。她那副尖锐的嗓子，虽然让人吃不消，倒也没什么。可是我后来又感觉不对，好像这人总有些假惺惺的。我怎么会这么想呢？大概是昨天大伙儿一起聊天的时候，她最初的语气似乎对死者无限同情，最后嘲讽死者死法的却也是她……

孩子他爸江源呢，我只在警方搜查的时候见过他一次。江源的长相实在让人不敢恭维。黑皮肤，脸上坑坑洼洼，满是青春痘的疮痕，五官安排得也不太是地方。他老婆虽然不算美人，但还称得上靓丽，配他可以说是一朵鲜花插在……不说了，也许我在别人心里也是不便提到的那个什么呢。还有，这人的声音也相当有特点。你说什么？声如洪钟？不

第四章

是，声如破锣。你笑什么呀？本来就是。你一看见他，就会联想起烟、酒、饭局什么的。

刘湘……你可能也听说过，就是一年多以前的那个天才演员。噢，你还记得呀？你记性真好，旅馆里那些人，估计就没有一个认出她来的。她小时候特有意思，我跟你说啊……行了，她所有的事你都知道了。我真多事，说她干什么呀？案发时她和咱们一样在车上，绝对不会是凶手，是不是？

好了，基本就这么多。啊……我没事，就是昨天没睡好，净做梦了。你也说日有所思，夜有所梦？我知道呀，可是梦见一只啄木鸟站在我头上是什么意思？难道暗示我脑袋里有虫子？

什么？探视时间过了，这么快……那我先走了，你好好养病啊。"

我回到旅馆，进了大厅。

这里十分安静。大家都在各做各的事。老板在柜台后翻看登记簿；刘湘和任莉莉坐在沙发上，看着电视；一个旅馆服务员在收拾茶几；田静在厅中走来走去，左右看着。

"你转了这么半天，我都快晕了。"老板说，"你这是干什么呢？"

田静轻皱着眉：

"找东西。我的伞不见了。"

"你放哪儿了？"

"一直挂在这里的架子上呀，可是昨天……"

任莉莉赶忙站起来说：

"我是借用了一下，回来以后不是和你说了吗？我把它好好地挂回原来的地方了呀。昨天晚上，我上楼睡觉之前还看了一眼，我的伞和那件衣服并排在一块呢。"

"可是真的没有。"

刘湘似乎不喜欢这么多人在旁边吵闹，淡淡说道：

"你要是着急出去，就先用我的吧。"

田静笑着说："谢谢了，我倒不是现在要用，就是忽然想起来。这伞虽然不贵，但是我新买的，没用几次，丢了太可惜。"

说着田静又到处看。老板也探着身子，往柜台外面扫视；服务员虽然伸着脖子，却一副事不关己的样子；任莉莉和这事多少有些关系，不好意思不帮忙，就站在原地转动着头，表示她也在找，眼睛却不时瞟向电视。刘湘就坦率多了，坐在沙发上丝毫不为所动。

我一看到这种场面就烦，走过去真正加入"战斗"。

第一个目标当然是架子，但上面除了一件衣服，什么也没有。

"哎……不对。刘湘，你的伞怎么也没了？"

"是吗？"她转过脸来。

这时，江源从楼梯口出来了，冲着他老婆说：

"你来一下。"

任莉莉跑过去，刘湘却也转过脸去，对着夫妻俩上楼的背影拧眉毛。难道她认识这位江先生？

田静从我面前走过，像在提醒我"别发呆了，帮我找吧"。我于是继续展开大搜索，可惜许久无所获。我失望地回到架子前，才想到架子下面还没看，就趴在地上：

"啊……里面太像有一把伞了。帮我把架子挪开点……好，出来了。"

田静过来看：

"这不是我的伞。"

确实，这是刘湘的那把伞。我记得昨天给她挂好了呀，怎么跑到下面去了？哦，那场齐老头与警察的追逐战，曾波及过这个架子，大概是那时给碰掉的。田静那把会不会也一样呢？我弯着腰，用力盯着架子下方，希望从那里再"看"出一把伞来。

"你的伞是什么样子的？"

"长短和这把差不多，也带个弯钩。这把伞头是铁制的，我的是塑料的。伞面的花样不一样，她的是纯黑色的，我的是深蓝底，白玉兰的图案。"

"哎哟！"

我直起身子，将头埋进那件衣服里，忽然觉得后颈一疼，脑后响起"啪"的一声，原来是一把伞掉在了地上。田静欣喜地过去捡起来。

我揉着脖子，心里庆幸：幸亏她的伞是塑料头，要是铁制的，往自己脑后这么扎一下恐怕够呛。嗯？不对，任莉莉不是说，她把伞挂在衣服旁边吗？

也许是我推理小说看多了吧？我想到的居然是有一个人，在晚上大家睡着之后，来这里穿过这件衣服。可是为什么？这人回来后又脱下衣服然后将其挂好，可能是顺手而为吧，这人把衣服和田静的伞挂在同一个钩子上。我知道这个想法很荒谬，可是我无法摆脱它。

"老板，这件衣服是……"我隐约猜到答案，因为它的尺码出奇地大，样式也很老旧（是否应该叫中山装？），还有特殊的陈腐味。

"是老齐的呀，前几天他在厅里看电视，忘了拿走，我帮他挂这儿了。他也没找，可见不急着穿。我什么时候得告诉他一声，让他收回去……"

老板说完便吩咐服务员这里收拾得可以了，让他去打扫

第四章

其他地方，然后自己埋头翻开登记簿。看他忙碌的样子，刚才的许诺恐怕已经抛至脑后了。

"您等会儿，我还要问您……嗯……哦，对，晚上可以出去吧?"

"怎么? 你有事呀? 没关系，什么时候回来和我说一声，我给你开门。"

"开门? 这里不能自由出入?"

"我们这儿十点以后就几乎没客人了，我一般会从里边把门锁上，跟锁自行车似的，主要是为了安全，遇上特殊情况我再打开。其实，也是防君子不防小人。你要真有什么事……"

"算了，也没什么重要的事，不麻烦您了。"

我推翻了自己刚才的想法。如果有人想悄悄地出去做点什么，还要事先向人申请，那就太不可思议了。

忙了半天我也累了，就坐在沙发上准备休息一会儿，顺便告诉刘湘伞已经帮她挂好。

这里的电视和很多人家里的一样，虽然没人真的用心看，但是整天开着。现在频道这么多，电视带来的乐趣不再是让人欣赏节目而是让人玩遥控器。

我看着屏幕闪来闪去，有些茫然。

齐老太太走到我的身边，转动着头看来看去，好像在找坐的地方。电视前的沙发已经没有座位了，刘湘坐正面，我坐左边，田静坐右边，都已经占全了。我看得出，齐老太太有点为难。

她终于决定坐在刘湘旁边。她还没坐稳，就开口道：

"你们在看电视吗？"

同时她的手已经伸向扔在沙发上的遥控器。

"没事，我不看。"我首先表明了态度。

"您看吧，没关系的。"田静用一如既往的温柔嗓音说道。

老太太如愿地打开戏剧频道，从兜里掏出眼镜盒，戴上老花镜，正要像所有戏迷一样投入其中，但她又放下遥控器，有些不安地打量刘湘，大概是觉得她没回答是因为她不高兴。其实我知道，刘湘只是不爱搭理人。

她终于把视线停在刘湘的衣角上，露出笑容，伸手过去拿起衣角。

"对不起，我就是想看看绣的这个东西。"

"哦。"

"是一朵兰花吧？"

"是紫罗兰。"

"一看就知道这衣服原来没有这纹饰，是买来之后才弄

第
四
章

上的?"

"我妈帮我绣的,不过我自己也会。"

刘湘微微笑着,她的声音里始终带有一种冷淡的礼貌。

"那可不容易呀,现在的姑娘有几个会绣花呀?"

"她们家比较传统。"我插嘴说。这么说让我意识到我已认识刘湘很久了。我了解她,从而有点沾沾自喜。

"是呀,我小时候经常拿奶奶的花绷子当玩具。"刘湘平淡地解释。

"你还用过那个呀?"老人笑开了花。

田静看着这边,挪过来坐:

"这是什么东西呀?"

"这是大小不一样的两个竹圈。"刘湘比画着解释,"这样两个竹圈正好可以比较紧密地扣在一起,在中间夹上布,中间的部分就绷平了,就可以在上面绣东西了。"

"你年纪轻轻能知道这些老东西真不容易呀,我还以为它们都'绝种'了呢。昨天我跟我们老齐聊天,他还说:'现在的人很多习惯都乱七八糟的,不按规矩来,爷儿两个的名字倒像哥儿俩似的,成什么话?'以前可讲究着呢,他和他四个堂兄弟的名字是一套的……算了,不说他。对了,你懂得挺多,你们家是干什么的呀?"

"她爷爷是老中医。"我抢答。

"他没让你也学医?"

"没有。我倒是自学了一些,还算有兴趣。"

"自学吗?很了不起呀。"田静称赞,"你家有教材?"

"我家有手抄版的《本草纲目》。"

"哎呀,那我可得考考你了……从容易点的开始好了,失眠,怎么治?"

"我想想,"刘湘笑得很有信心,"这好像正好是其中一篇的开头,治疗失眠的方子很多,我记得其中一种配方是松子加黄酒。"

"小姑娘有两下子呀,和我在报纸上看来的方子一样。"

"您喜欢这些?"

"不是,为了活着呀。我们这个岁数的人,就关心这个,多少都懂一点。"

"现在中药也普及了,"任莉莉不知道什么时候下的楼,也过来说两句,"一般人顺口也能叫上几种,什么阿胶呀、虎骨呀,都是卖的药;还有些药材都配进孩子吃的零嘴里了,比如陈皮呀,或者茯苓饼……"

田静则要谦虚得多,说道:

"是呀,我妈也说在食物里加中药——好像叫药膳——对身体有好处。她老做给我们吃,味道总是很怪。某次我还看到她往粥里放一种红色葡萄干,也不知是什么。我偷吃过，一点也不好吃。"

"红色葡萄干?"刘湘使劲皱着眉，过了好一会儿，哭笑不得地说，"你说的……不会是……枸杞吧?"

"哦!"老太太恍然大悟，也笑起来。

田静怯怯地笑:

"我本来就对中药一窍不通呀。"

"那你和我一样。我对中医的了解，也就是仅限于神农氏尝百草。我老觉得神农氏一个人乱吃那么多东西还能不死，如果神农氏生在现代，他买彩票一定能中五百万。"

田静抬头看我，开心地笑了起来。

我们这些不懂装懂、一知半解的人很快败下阵来。看刘湘和齐老太太聊得那么投机，我却根本插不上话，自然觉得被排斥在外。大厅如此之大，却无我许飞容身之处。

我决定回自己屋里待着。结果因为周围安静得太过火，我不小心睡着了（原谅睡眠不足的我吧!）醒来时已经过了午饭时间，我还是决定去餐厅碰碰运气。

运气真好! 我在食堂碰上了老板。我一直想找个机会和他谈谈，询问一些关于常客的信息，现在真是千载难逢的好机会。

"您好!"

他扭头看我，笑着说：

"哦，有事吗？"

我在他旁边坐下来，赔笑道：

"我能跟您聊聊吗？"

"啊？"

"其实我一来这儿，就想采访您了……"

"采访？您是记者？"

"不算，一个写文章的。"我说得谦虚，但尽量摆出高深莫测的样子。

"作家呀！那可真是……"老板果然很激动，像看到了什么伟大人物。

"其实没那么了不起。我主要是想以这里为题材写点什么。我住过很多旅馆。你这家店给我的感觉，非常……不同！"

"噢？是吗？哪儿不同呀？"

"非常朴实。虽然称不上豪华，但让人感觉特别亲切。"

好话果然人人爱听，老板脸上容光焕发，说道：

"我们这里就这点好了！毕竟不是宾馆，服务可能不太齐全，但总比为了看着舒服弄些不伦不类的东西强。就拿现在的改建来说，我从新闻里看见的，在古城墙前盖的西式街心花园，那可真是一言难尽呀……"

"确实不能拿宾馆的高标准要求这里。"

"是呀。比如人家就能门口站两个人，客人一来，鞠个躬，然后客气地叫着'先生''小姐''女士'的，是挺气派，可是用在我们这儿就不合适呀。我倒觉得这里和古代客栈差不多，我没往自己肩膀上搭条毛巾，逮谁管谁叫'客官'就不错了。"

我脸上虚伪的假笑变成了真笑，说道：

"我也觉得是呢。这里确实很特别，如果我下次有机会来这个城市，我还是会住这里。我相信这么想的一定不止我一个人。您是不是经常接待常客呀？"

说起破案子，我可能比不上杜公子。但是说到调查嘛，咱们到底也是进了社会的人，满嘴跑舌头渐渐成为我的专长。

"哎！你这么一说我才发现，现在在店里的，大多都是熟人呀！"

"好多？"我心里产生了一种不祥的预感……

"对呀。"

"都有……哪些人？"

"我想想啊，好像只有你和那个刘湘是生面孔，其他都是半熟脸。"

"都是？"我的预感成真了。

"先说姓齐的老两口。他们有一儿一女。他们现在老了，住在儿子家里想女儿，去女儿那儿待两天又惦记着儿子，就那么两头往返住着。问题是他们女儿家和儿子家之间的距离比较远，女儿在别的市，儿子在本市……"

"既然这样，他们为什么不回家，要住这里？"

"那不是……这老人呀，就像孩子一样，总要闹点事情让人注意到他。安分一点的老人，会说自己身体不舒服，可是真让他去医院看病他又不去，他其实就想要人多陪陪他。这齐老头的症状比较严重，经常认为自己受虐待了，就从女儿家坐火车出走到我这里，主要是因为我这儿是离他儿子家最近也最便宜的旅馆。他经常咬牙切齿地念叨：'看那个不肖子什么时候来接我！'当然，他儿子也习惯了，一般是过两天，等老头气消了，就来迎他回家。我们这儿隔三岔五地就会上演一出'认亲'好戏，你多待些日子，兴许能看见。"

"家庭纠纷呀？"

"也不算，老头胡闹，给自己长长面子，摆摆谱而已。老太太倒比较明白，可是也不能不跟着，不然谁照顾老头呀？其实人家年轻人哪有闲工夫和他搅和？自己的工作都忙不过来。就说江先生，三天两头跑来跑去的……"

"他是干什么的？"

"据说是做生意的。我就不太明白，现在的人拿个皮箱拿个电脑到处走，就能把生意做了？这样的人好像还不少呢。你说这世上哪来那么多生意做？现在的人都靠什么活着呢？"

"他每次来这个城市，都住这里？"如果真的没有特殊目的却把这里作为常住地，他的生意一定处在倒闭的边缘。

"我不知道，也许吧，反正他来这住的次数挺多。他带他老婆也来过几次，不过这回带孩子来倒是头一遭。"

"你是说，江汩是第一次来？"太好了，总算排除一个！……我高兴什么呢？本来也不该算他。

"是呀。"

"那剩下的两个人呢？也常到你这儿来？"

"没错。田静是学生，现在应该上大二或大三了。她最开始来这里，是因为她喜欢游泳。我们市临海。后来她说自己喜欢上了这个城市，她说这里的建筑风格很独特，甚至没有两栋建筑的样式是相同的。而且这里交通便利，马路边种的还是她最喜欢的合欢树，就是开粉红色绒花的那种。这里有海，有广场，有花园，她说她想象中的荷兰就是这个样子，几十年后她还想搬来养老。所以，她常在假期来住个十天八天，有时候她也会在周末来住个三天五天。这些不在父母身边的孩子，家长都以为她们在好好住校念书呢，其实不知道逃课疯到哪儿去了……"

"那方擎岳又是怎么回事？"

"他……是学中医的吧？他的头衔是医生，其实他更像医院和制药厂之间的联系人。做事情嘛，总有些人要到处跑。他常住我们这儿，当然是因为我们这儿便宜。这次他一直在赶论文，可能还是更喜欢本职工作。"

"我也觉得，比起药贩子，他更适合当医生。"

老板点着头，继续挖掘记忆：

"还有死的那个吕良，他是摄影师，也常来住呢。唉，我平常不注意，经你这么一提醒，才发现我这儿还真挺有人缘，都是这些老客户在支持，真得谢谢他们。难得这么多人觉得这间旅馆还不错……"

"他们之间熟吗？是不是早在你这里碰过面了？尤其是谁和死者经常巧遇？"

"这个，我可就不知道了，这是他们自己的事呀。嗯……我想想，对，田静和任莉莉以前肯定碰上过，我曾经看见她们坐在沙发上聊过天。田静看起来不爱说话，实际上，大多数出门在外的人，好像都不太爱说话，可是她是个老实又爱面子的姑娘，人家问她什么，她就回答什么；人家问得多了，她也就往长了说。任莉莉又是……"

老板为难地笑起来。

"说不好听了就是'不拿自己当外人'的那种人，我可不认为她和田静的交情到了她可以擅自用人家伞的地步。"

"啊，任莉莉这人是比较热情。这不是……江汨每天晚上要练字，可是她老说自己头疼，又怕江汨偷懒，就将江汨托付给田静。那姑娘抹不开面子，就拿一本书勉强在旁边坐着……"

"那孩子能服她管？"我在江汨那个年纪的时候，连我妈说我我都烦，更别说和我没关系又比我大不了多少的女人了。何况那孩子……

"我也觉得江汨得欺负田静，就留神看着。江汨认真写了一会儿，就忽然笑开了花，他笑得显得那么……聪明。他拿了张字条，在上边写什么，写完了开始对着田静吐舌头做鬼脸。田静开始还忍着，后来憋得脸都红了，抿着嘴向下弯着，要不是及时跑回屋子，恐怕她就当场就哭出来了。"

"可以想象……"做过家教的人都知道，很多父母把孩子托付给你，却并没有告诉家里的宝贝要服从你，而你看在人家虔诚的态度上又不能把他们的骨肉怎么样，真是夹在中间难做人。

"目睹全过程的不光只有我，还有方擎岳。田静受欺负，他能忍吗？方擎岳冲过去抓起字条就看，然后气得揉成一团，冲那孩子吼：'人家是为了你好！你怎么这么不懂事呀？去！跟姐姐道歉！'那孩子脖子一扭，说道：'你是她什么人呀？你是我什么人呀？我对她怎么样需要你管呢？'当时他气得发抖，对面要不是个孩子，他绝对要动拳头了。"

"那字条上到底写的什么呀？"

"我当时也纳闷，后来将纸团捡起来抹平了看看，发现上面写着'丑女''嫁不出去的老女人'等很难听的话。人家田静，文文静静的，一看就是父母宠着旁边人夸着长大的，哪儿受过这个？难怪她气成那样。要说这孩子也够早熟的，就是顽皮得有点过分。"

"那后来呢？他妈知不知道？"

"任莉莉自从把孩子托付出去以后，好像觉得这孩子有人管了，她就放心了，以后在江汩练字的时候从来不出现。所以我猜，田静肯定没去告状，而且她还不好意思真撂挑子，还是挺为难地坐在那孩子旁边，真可怜呀！从江汩那边讲，这事儿也没完。把田静气跑的第二天，那小子突然和我说，他有点咳嗽，也许是感冒，所以想用盐水漱口。我一想，知道预防疾病很好呀，就从厨房拿了包盐给他。结果那天中午，方擎岳喝了一口汤，就捂着嘴跑出去了，回来向我投诉，餐厅的汤太不吝惜作料，蒸发了水，能提纯出二两盐来。"

"又是恶作剧？"

"我和他解释了半天，还道了歉，毕竟盐是我给江汩的。他倒是通情达理，也不计较。谁都知道江汩爱闹，可是他年

第四章

纪小，还能不让着他？也不能说这孩子就是坏，孩子还是好孩子，他昨天不是把捡着的金戒指还回去了吗？齐老太太好像还不太好意思，大概因为以前训过他吧。他那天在楼道里瞎跑，差点把老人家撞个跟头……"

老板忽然看见过来收拾桌子的服务员，想起了自己还有一个旅馆要管理：

"那个……我好像该去前台接班了。"

"哦，那就不打扰了。谢谢您呀，我已经能根据这些写出不少东西了。"

"别客气。"

现在大厅里人少了，只有刘湘还一如既往地坐在电视前，而江汨刚从她身边跑开。

我过去坐下来，对刘湘说道：

"唉！我刚从医院回来，就听见中药论坛，最近真是和医药干上了。"

"你去看朋友啦？"刘湘应和着。

"他看起来好多了。"我也漫不经心地说着。

"你出去也不和我打招呼……"她扭脸冲另一边，似乎很不满。

"你当时坐在这儿，好像在想什么重要的事，让我望而却步。不过，你起得真够早的。"

"我找了你半天呢。"

"你找我干什么呀?"

"当然得找你了! 在这儿，除了你，我还认识谁?"

我正想说"你刚才不是和田静聊得挺高兴的吗"，但我又感觉到她的话似乎别有深意，也就改口:

"有什么事吗?"

她笑了，身子转过来，摊开双手:

"你不是说，我昨天穿的那件衣服很好看吗？我今天特意穿了另一件，你看，两件衣服的花样差不多，但我觉得，紫色更配我。"

"你是穿给我看的?"

"是呀。"她点头。

我仔细观察起来，这件衣服与她昨天穿的那件花纹是一样的，就是颜色变成了紫的，搭配上亮眼的银白色扣子，像一颗星星睡在弯月的怀抱中。

"确实效果更好。"

刘湘笑着说"多谢夸奖"，我得到了鼓励，更加鼓吹:

"这么经典的形象应该留影存证，至少拿回去给我妹妹看看。"

"小琳知道我在这儿吗?"

"她不知道！我昨天刚要和她说，她就把电话挂了。"

"对了，我给你我家的新电话号码了吗？"

"还没呢。你等等，我记一下。"

我往口袋里上下一摸，也没找到电话簿。我左看右看，一边回忆：打电话的时候看过，后来……拿回来了吗？

我跑去问老板，他说昨天好像是看见一本电话簿放在电话机旁边，然后下一眼再看那里时电话簿就没了。他以为是谁落下的，后来失主想起来又拿走了。

我垂头丧气地回到刘湘身边：

"电话簿丢了。情况不乐观。"

"这就绝望了？它什么样子呀？也许能找到呢。"

"就是最普通的那种款式。中间是叠着的长字条，上边画着一道一道线，表面是黄色的。东西倒是不贵，是一块钱一本的地摊货，可是里边记着好多重要电话，我还得重新收集，烦！"

"它是怎么失踪的？"

"我打完电话忘了拿，然后就不见了。"

"掉地上了？"

"我在接待台上下看了半天呢，没找到啊。这种东西，谁会拿它呀？"我灵机一动，只有一个人会去做，虽然做这件事情没有任何意义，但他却会去做。对，一定是他……"

"谁呀？"

我看看四下无人，往近坐了坐，低声说：

"江泪！"

"那孩子……为什么？"

"他喜欢，就是这样。他整人不需要理由，只能说整人是他的个人爱好。"

"那也不会故意拿你的东西吧？"

"谁说的？他有小偷小摸的前科！"

"你怎么这么说？"

对呀，我怎么这么说？我说出来才意识到其实自己早就那么想了。

"我觉得，齐老太太的金戒指，怎么那么巧就让他捡着了？我看就是他偷的！江泪趁着老人看电视的时候顺手牵羊，一看警方要全面搜查，自己藏不下去了，才把戒指交出来。这已经不是顽皮，而是犯罪了……"

"你是说，他想要那个金戒指？"

"值钱的东西谁不想要？再说，那小子可会记仇了，他的报复心极强。我听说方擎岳因为训了他两句，汤里就被他撒了一大把盐。齐老太太那次差点被他撞倒，也批评过他，所以他就……"

刘湘笑起来，摇头说：

第
四
章

"不是呀。如果他真的想把戒指占为己有，只偷戒指就好了，还顺带着偷眼镜盒，多累呀！就算这事是他搞出来的，他的目标恐怕也是老花镜。首饰是比较值钱，但那是大人的想法，要讲实用价值，还是眼镜大。他要是想出气，当然是挑齐老太太常用的东西下手。"

"你这么一说……确实，这么一想这件事更像是他干得出来的。"那小子也许经常做坏事，但要说他的目的是得到什么实惠，倒不像。

"孩子的逻辑很简单呀，如果你害我不好过，我也得让你着着急。单纯的……想法。"

"嗯……你就像在用江汨的脑子想事情一样，合情、合理！"

这种吻合的感觉很巧妙，难以形容，我正要多称赞刘湘两句，忽然听到一阵哀怨的琴声。

我出门去看，发现坐在不远处的地上的正是火车站的那个瞎子，他正有一声没一声地拉着胡琴。

而我和刘湘谈到的江汨，正站在那可怜人附近，手里捻着一颗石子，正准备将石子扔到那装钱的碗里，像抛掉一个点燃的爆竹似的。当那个瞎子将拉琴的手伸进去摸索半天，掏出来一颗石子并愤怒地丢掉时，江汨笑得更得意了，顺手

盲
人
与
狗

从地上又摸起一颗石子。

这一幕怎么这么熟呀？

我回想起田静的证词，她说的孩子，一定就是江汨了。这也更证明了江汨说的是谎话。如果案发当时他正在招惹这个瞎子，他又怎么可能看见田静在杀人？我知道他看这个"临时保姆"不顺眼，可这是诬陷呀！如果他在警方面前也这么信口开河，会害死人的。

我的脸一定把情绪带出来了，被他看见了。他眼睛亮了亮，故意把石子抛得老高再接住，对着我眉飞色舞。

我一咬牙，正要过去教育教育他，齐老太太从外面回来了。他迅速捞回空中的石子，动作流畅地把手背在身后，对齐老太太鞠了个躬，用甜甜的声音叫道：

"奶奶好！"

"啊，你好！"老太太笑得很慈祥。

齐老太太走进了宾馆。江汨也直起身子，歪着头冲我眨眼。

"干什么呢？"这时我的身边突然响起一个充满宠爱的声音。

"妈，您回来了。"他立刻换上一副乖巧的样子。

"哎哟！"

任莉莉看见了那个盲人，犹豫了一会儿，便掏出钱包，拎出一张十块面额的纸币，想了想又塞了回去，最终把五块钱放到那碗里。

第四章

"妈，你真好！我也觉得应该这么做……"

江汩背着手跳过去，手一松，石子从手心滑落。

"这么想就对啦。"任莉莉搂着儿子往里面走，"人就是要有同情心。"

"妈，我有点不明白呢。他都看不见，是怎么走过来的呀？"

"你没看见地上吗？地上有两条砖，和其他砖的花纹都不一样，叫盲道，知道吗？这都是专门给残疾人弄的，还有，你见过一高一低的电话亭吗？那个就是给坐轮椅的人用的……"

母子俩一边谈论着一边走进了旅馆。

第五章

我坐回沙发上，瞪着她们的背影冷笑。

"你怎么了?"刘湘问。

"我……"不知道该怎么说，"错了。这两天，我听到的大家对这孩子的评价无外乎皮、疯、折腾、淘气……但这些评价都不对，太避重就轻，真相没有这么简单……"

"那你说情况有多严重?"

"你不明白! 我来这里的那天，正看见他在欺负那条狗……"

我把在车站目睹的事实一五一十说出来，听得刘湘表情严肃。

"真的?"

"千真万确。刚才他又在欺负人。"这时又有琴声传来，似乎更加凄凉，"就是这个人，这时他该拉《二泉映月》才对。"

"你是说……"刘湘拧着眉头，极其哀伤地说道。

"是呀，他就是那个瞎眼的乞丐。江汩利用石子砸他装钱的碗，他就以为有人扔硬币进去，摸了半天，什么也没有……可是那罪魁祸首，一看他妈来，立刻装得比乖孩子还乖，还关心地问起残疾人保障来了。你……你怎么哭了？"

我的一腔怒火立刻烟消云散。

她抹抹眼睛说道：

"别说这个了，成吗？"

"成！咱们不说这个！"

"说点高兴的吧。"她竭力地笑笑，"就说……嗯，你是怎么看待社会进步的？"

"社会进步？"话题是怎么跳到这方面的？不过，既然她想说……"我也不知道呀，就是觉得整体上在往好的方向走，不过途中好像丢掉了些非常重要的东西，具体是什么，我也说不清楚。"

"我倒不这么想。不管外界发展到什么地步，从人的角度说，其实都一样，没有变化。"

"我不明白。"

"或者说本质不变，变化的只是实现的途径。"

"还是不懂。"

"比如说，过去交通不发达，去什么地方大多得靠步行，不方便是不方便，可是锻炼了身体。现在便利了，出了门下地铁，上了地面坐公交车，走不了几步路。行路时间是缩短了，人的身体却因为这些安逸落下很多病。为了健康，省下的时间都要花在健身房里。健身房收获利润，又通过上税交给国家，国家再投资建设这些花钱却省心的公共设施，如此循环起来了。"

"一套一套的呀……你瞬间能想明白这么多东西？"

"不，这是老理论了，只不过我用在这儿而已。"

"我感觉挺新鲜，你是怎么琢磨出来的？"

"平时就琢磨呗，不琢磨干什么去呀？琢磨多了，也就琢磨出来了。"

"你真挺能瞎想。"我失笑道。

"胡思乱想为快乐之本。"刘湘的眼泪干了，她的笑容恢复了正常。

"那我倒想问问，你为什么会忽然问起社会进步？"

"哦，刚才不是有一对母子穿过大厅吗？她们在讨论关于残疾人的事情……所以我就联想到社会保障、社会福利，而且这类人性化的便利，现在已经比比皆是了，这不就表示社会在进步吗……"

"然后你又想到交通事业的发展也是社会进步的体现？我服了你了！"

"联想能力是我的特长呢。那会儿上学的时候，老师说

第五章

我最大的缺点就是上课常走神，因为她讲的一句话，我就会根据其中的一个点发散出去，思绪就不知道跑到哪儿去了，经常远到收不回来。"

"你真的这么能联想？"

"只要有相关的线索，都能想出好多。"

"那好，我找个东西让你试试。"我看到接待台后面墙上挂的玻璃框，里面是……营业执照，你能想到什么？"

"奖状！因为它们都是很受重视的东西，被主人镶好了挂起来，生怕别人看不见。"

"然后呢？"

"当然是荣誉室，奖状要挂在里面嘛。"

"有道理。"我点头，"再继续。"

"我又想到荣誉室里的其他东西，比如奖杯、锦旗什么的。"

"下一个？"

"国画！"

"什么？这可太跳跃了。"我联系不上。

"你不觉得锦旗和国画其实很像吗？都是一个轴，可以把内容卷起来……"

"好了好了，别再往下了。"不然她会把全世界的东西都说一遍，"我终于知道为什么每次看见你，你都在出神，原来你的精神世界这么充实。"

"你以为我整天想这些呀？那多没意思。"

"那什么有意思？"

"想一些别的呀。其实，最有趣的课题是名字呢。中国人取名字是先根据姓，再往上凑字，所以经常和固定词撞车，容易产生歧义。"刘湘的声音变小，"不瞒你说，我偷偷地把这里的人都想过一遍呢。"

"是吗？"我也同样小声地说，"说来听听。"

"先说谁？"

"嗯……就我那位医生朋友吧。"

"他嘛，名字取得很合适，只是这名字有点女性化。"

女性化？是了，"方擎岳"这名字从字面上看，确实有些"力拔山兮"的豪迈，但读音却和"晴月"相同。"晴月"可是彻底的女性名字呀！这么一想，我不禁窃笑。

"我提醒你啊，你这话也就只能跟我说，千万别和别人说。他正仰慕着一位姑娘呢，你不能破坏人家形象啊。"

"你放心，我也就能跟你说，其他人我谁都不认识，想说还没地儿说去呢。不过，听你的意思，这姑娘就在这儿？"

"你猜是谁？"我刹那间觉得我和刘湘非常熟稔，已经到了可以与其论人是非的程度。

"还用猜？其他人都有家有口，再除去咱们俩，还剩下谁呀？"

"那……她的名字你想过吗？"

"怎么会没有？她的名字很好，有气质。"

"和我的感觉一样。"

还以为她会说这名字最有得分析，它的谐音，比如作为地名的"天津"（读白了的话），作为运动项目的"田径"，或者建筑用语中的"天井"。没想到刘湘却轻易放过了田静，她大概还是对女同胞宽容一些。

"嗯，"她满意地点了点头，"我觉得田静和擎岳这一对不错呢。"

"擎岳？"她一定是故意的，怕我领悟不了这个名字的"妙处"，"别叫这么亲热呀。人家可心有所属了。"

她笑起来：

"有什么关系呀？"

我叹口气：

"好，他们两个的事就说到这里，还有其他人呢？三口之家？"

"就像那老太太说的，父子的名字反倒像兄弟，一定是指他们。"

江源？江泪？还真是……善于瞎想的人就是有优势，能理解人家话里真正的意思。齐老太太说的时候，我和刘湘同时在听，我就没反应过来。

"还有，那孩子的名字，和一种食物材料很相近。"

"不管是音，还是字，都让人想起屈原，不是吗?"

刘湘点头道:

"至于那位母亲的名字，本身没什么。不过现在这种姓加叠字的结构，已经有很多人用了。我有个高中同学就叫'李婷婷'。她是个比较自我又西化的人，喜欢在自己的东西上注明缩写'LTT'。我看见之后就说'这是什么意思呀? 难道指的是老太太（缩写也是LTT)?'同学们听了之后都乐得爬不起来，说我怎么反应这么快，还这么逗。其实我早在知道她名字的第一天，就已经故意往歪了想。实在不是我思维敏捷，其实我在说出来前已经在心里笑了一个学期了。"

"这种事我们也干过。我过去有个哥们叫'吴聪'，我们净在他本子上写'WC'了。还有，现在网上把'漂亮'简写成'PL'，其实想想，难道'破烂'就不是'PL'了?"

"举一反三，你是人才呀! 在这方面你也很有天赋嘛。"

"多谢师傅夸奖! 至于最后老两口的名字有什么典故，还请您赐教。"

"没有什么特别的。不过，从名字倒是能知道他们是哪个时代的人，而且看取名那咬文嚼字的程度，他们以前的家庭，很可能是书香门第。"

"我也这么想，尤其是那个老头，他应该和他的名字一起留在了过去。"

我把从老板那里听来的齐老头逸事说给她听，她也笑了，说道：

"可以想象。他在给人当儿孙时，家里应是大家长制。爷爷说一句话，一个家族的人都得将此话奉为圣旨；现在终于轮到他当爷爷了，但他自己不但没了权威，还赶上社会老龄化，自己作为一个老人反倒多余了起来。老人嘛，真的很像孩子。这两个年龄段的人，常常制造事端，因为他们是弱者，没有存在感，需要用这种方法告诉别人他们的重要性。这么一想，老人其实蛮可怜的。"

"这理论正确归正确，你也别逮谁往谁身上套。明白我的意思吧？"

"明白了。"刘湘随即以不耐烦的口气回答。

"对了，我来之前，那孩子和你说了什么没有？"

"没什么。他那么小，不知道事情轻重，乱说而已，随他去。"

"不管他说什么，你一定别信。那孩子嘴里没实话。"

"哎呀，你放心呀。我都多大了，还会跟他一般见识？"刘湘的口气变得严厉了些。

她是不是在讽刺我这么大年纪还和孩子斗气？

"你别不当回事。是什么人，就是什么人，不管他多小。'三岁看大，七岁看老'，这话我信。还有他们家的人，你也留个心眼。从孩子身上能看到父母的影子，这话我也信。"江汩之前的行为直接导致我对江氏夫妻的评价大跌。

她缓慢点着头，像刚明白了一个道理，忽然奸诈地笑道：

"这么说，小琳什么样子，和你脱不了关系？"

我真是搬起石头砸自己的脚！而且这块石头还不轻。

"是！小琳身上的一堆毛病都是我惯出来的。啊？已经这么晚了呀，我吃饭去了啊。"

晚饭后，我坐在自己屋里进退维谷。因为我想去大厅待着，却又不太想去。直到终于不能容忍继续陪伴地板、墙壁与天花板，我才走下楼梯，我开始希望客厅里有很多人，又希望客厅里一个人都没有。

大厅里如果突然冒出一件东西，可能会引起围观。但我突然出现在大厅，几乎没有激起任何关注。大家都在做自己的事，眼前展现的是一幅再正常不过的生活图景，看来搜查事件的威力只持续了一天。

老板不用说，坐在柜台后，忙他那些"忙不完"的事情。

刘湘也一如既往地坐在原地，手指拨弄着沙发上的遥控器。右边的沙发上并排坐着两位老人家，齐老太太扯着一张报纸，眼神一路经过眼皮下方、老花镜上沿和报纸边缘，落在我身上。齐老头膝上也摊着报纸，他手里拿着一柄放大镜，对着灯光看了看，拎起衣角擦着。齐老太太瞪他一眼，拍着他的手，把眼镜布递过去。

电视机前沙发上的三个人都不在看电视。屏幕上只有图像在滚动，声音已经被关掉，大概怕影响其他人。

刘湘头后的那张小桌子上，江汨正在认真地写字。我说怎么总感觉那桌子哪里不对，可能老板是为了他才新添的。从光线讲，这里是比屋子里好，但是，江汨在这里写字难道就没有卖弄的意思？

桌子边放着的折叠椅上，坐着尽忠职守的看护人田静。她侧对着看护对象，低着头，捧着一本厚书，但似乎没有在看。因为她背挺得很直，坐姿十分规范，完美得不像在看书。

再往远看，在最远的角落里，我找到了导致她这种表现的原因。那张转角沙发和玻璃茶几，被方擎岳一人霸占，桌面上凌乱地铺陈着书本和一张张纸。这种赶论文的人，通常非常忘我，连自己脸上挂着一条圆珠笔的痕迹都没察觉。不过还好，没到焦头烂额的地步，方擎岳反而有些陶醉地抬头，盯视着一个方向。

田静显然知道有人在看她，但她不想让他察觉她已经发现了，可是她又很高兴，所以右边的嘴角勾起轻微的笑容。对于只能看到她左侧脸的方擎岳来说，田静依然是一成不变的端庄。

这种"阴阳脸"的景象让我叹为观止。唉，女人真是可以创造奇迹的动物！

方擎岳又痴迷地看了一会儿，终于强迫自己把注意力拉到论文上，他信手写了几个字，然后又不满意地皱眉，大刀阔斧地划掉好几行。照他这种写法，论文岂不是越写字越少？

我走到桌子边，想看看江汩在写什么。他正照着一本普通的钢笔字帖练字，不得不承认，以他的年纪，能把字写得这么漂亮，实在不多见；可是正在写的这篇就差多了，每个字写得零散不说，颜色也是忽深忽浅，显然是写两笔耗一会儿，断断续续写出来的效果。

可是现在，江汩偏偏又摆出一副聚精会神的模样。笔尖划着纸的声音，压迫着我的耳膜，令我用力深呼吸，我想用呼吸声打破这里的沉静。

我看到江汩手边的墨水瓶，忽然想起如果我的钢笔有墨水，我就不必待在这里，可以回去写日记了，可是管他借……免谈！

齐老头打了个哈欠站起来，走过我身旁时，不痛不痒地说了句："嗯，写得真好。"

田静也离开了座位，轻盈地走到柜台前，还没开口，老板抢先道：

"又要可乐呀？"

田静点头。

老板递出一听可乐，取笑道：

"姑娘，一天一罐，不怕胖呀？"

她笑眯眯地回答，语气中不无骄傲：

"我怎么都不会胖的。"

说着田静瞥了江汩一眼，昂首挺胸，试图用事实说明她是窈窕淑女，而不是被江汩侮蔑的"丑女"。然后田静走过我身边，冲我点头后拉开可乐罐的拉环，喝了一口后就将罐子顺手放在桌子上，再次落座捧起书。

方擎岳凑近柜台，对老板说：

"我也口渴。"

"怎么？你也要可乐？"

"不不不。"方擎岳连忙摇头，"我一直喝不习惯，可乐的颜色看着像墨汁，喝起来和中药汤一个味儿……"他又向田静看一眼，发现人家正在瞪他，他马上回到正题，对老板说："矿泉水，矿泉水就好。"

我又把目光投向字帖。过了会儿，听到身后有人在轻声呼唤，直觉告诉我那人是在叫我。我回头看见方擎岳已经回到座位，勾着没拿矿泉水的那只手，一副有求于人的样子。

我过去站在他旁边，问道：

"怎么了？"

"问你个字呀，我觉得你懂的比较多。'病入膏肓'……'膏肓'二字怎么写？"

"'膏……肓'？呃……你换个词吧。"

"要是能不用，我也不想用。可是我写着写着堵在这儿了，非它不可。"

"这么生僻的字，我一时也想不起来呀。"

我抱歉地点个头，正转身要走，他拉住我：

"等等，我还有字不会，我找找，上哪儿去了？"边上传来方擎岳翻动纸张的声音。

"没关系，你慢慢找。"

我这么说着，却没有看他。我在看刘湘。

刘湘正向右扭着头，我正好可以看到她完整的侧脸。即使只有半张脸，也能看出她拧着眉，神情前所未有地严肃，好像在努力揣摩什么。可是她视线的尽头只有……齐老太太？人家干什么了，值得她这么盯着？

我诧异地再看其他人。田静在安静地看书，或者说在假装看书；江汩似乎不愿意写了，磨磨蹭蹭地摆弄他的笔。一切都没有异常呀，她是怎么了？

"来，你看这个……"

我低头往方擎岳手指的方向看去，却听到一个几乎不可能出现的声音：

"噢，写得真不错呢。"

刘湘？她居然主动和人说话？

我不敢相信地瞟去一眼，只见她胳膊挎在沙发背上，表情很温和地对着那张习字专用桌，手里还随意拿着雪白的桌布角把玩。

随着一声"哎呀，对了"，刘湘猛然转身，只听得"哗啦啦"的声音。等我回过神，地上已是一片狼藉。墨水瓶破了，一地碎玻璃，一大摊墨水，字帖也黑了，易拉罐打着滚，还在"汩汩"地往外冒可乐。桌布大部分搭在沙发背上，余下的缠在刘湘身上，她正手忙脚乱地在领口处摆弄，终于把它成功解下来，露出她衣服上别致的扣子。看到那星星扣子尖锐的角，我立刻明白：桌布刚才肯定是挂在那上面了，偏她转身太急，这么一扯……

这是个意外，但显然不是每个人都能原谅。江汩站在那里，用近乎愤恨的眼神瞪着刘湘，还把手里的钢笔一摔，跑上楼去了。

田静早躲到一边，惋惜地看着裤子上的污渍，放下手里的书，苦笑着蹲下捡起字帖，甩着上面滴答的墨水，然后又摸向钢笔。

方擎岳见状也跳过去，要归拢起地上的玻璃碴。

"你们别管了，明天我让他们收拾吧。"老板连忙制止，而后望着刘湘，叹了口气。

齐老太太捏着报纸驻足了一会儿，嘟囔了一句"毛毛躁躁"便回屋去了。

田静捏着江汨扔下的东西，胳膊从桌上夹起爱书，也跟着上楼去了。

我看看剩下的方擎岳，他耸耸肩，站起身来，过去敛起一堆论文，然后抱着逃离事故现场。

刘湘双手抓着那块桌布，一副很无措的样子，让我很想和她说点什么，可是我又不知道说什么，只好在注视她良久后走向了楼梯。

我醒了！是被吵醒的！

谁呀？大半夜的，尖叫什么呀？这声音听着不远，但应该不在旅馆里。

我翻了个身，准备接着睡。旁边工地又把探照灯打开了，灯光正照着我的脸，我隔着眼皮都看到一片白茫茫。

我咒骂着坐起来。

现在才几点？！我有一种强烈的预感，就是我躺到天亮都睡不着了。

我干什么去呀？我在这里实在待烦了，不太可能找到什么新鲜事做。那……出去逛逛？一个人，半夜徜徉在陌生城市的感觉，好像很诱人。而且这里临海，也许能在海边看日出？我长这么大还没看过日出呢。

或许是稀奇的想法，可是我觉得不错！这就是我为什么总觉得自己有作家的气质。而妹妹说我"没有作家的才能，先学会了作家的怪癖"。

我出去站在楼道里，为我刚做的决定在心里欢呼雀跃。但看到刘湘的房门时，忽然想到今天她埋怨我不和她打招呼，害她当时没注意到我出门了，还找了我一上午。明天，万一她又要穿什么给我看（虽然这种可能性很小），而我凭空消失了……

我想回屋里写个条子，向刘湘交代我的情况，比如"我出去了，可能探完病再回来"云云。但把字条留在哪里呢？一定得是她能收到的地方。对，塞在她门缝里，她起床一开门就看见了。

我夹好留言条，兴高采烈地下楼，不幸楼下的门锁着。看着从里面锁得牢固至极的门，我自责居然忘了这里的规矩。我不愿意吵醒老板，又坚决抵制回去躺着，就走到一楼楼道的尽头，还好，这里果然有窗户！我拔开插销……

对上过大学、住过男生宿舍的人来说，翻墙上树跳窗户，可是基本技能呢！

经过那该死的工地，我发现街边停着辆救护车。

我不以为意地继续走。

这城市的夜景，美则美矣，却感觉总是沉甸甸的。这种寥落的感觉是什么来头？是因为我身处异乡吗？

不知道走了多久，我终于可以蜷腿坐在海边。

夜里的海，自然不会是蓝的。深黑色？大概吧。一眼望不到尽头，但并没有感觉海有多伟大，只是觉得，如果有人在那边溺水，恐怕他游不上岸就淹死了。也没有多汹涌澎湃的浪潮，顶多是重复着不断的催眠的"哗啦"声。

我把脸收在膝盖里，闭上眼，心里还想着：不枉小琳经常对我大发雷霆，我确实缺乏浪漫细胞。

……

我是什么时候睡着的？

我一睁眼就已经清楚地知道，现在已经不是看日出的时间了，因为太阳已经挂在空中。

我望着那一轮红日，觉得很荒谬。我干什么来了？放着床不睡在这里睡……

我看了看表。唉，既然看不到日出，那就去看杜公子吧！

从医院出来，我还想着杜公子说的话。

刚见到他时，我俩不可避免地闲扯了一会儿，主要是我和刘湘昨天聊的内容，包括调侃大家的名字，我觉得挺逗，就说给他听。他也听得笑逐颜开，还说出院后一定要见见这个有趣的女孩。虽然我有点担心这个决定，会导致他多一个我妹妹那样疯狂的仰慕者，但事情毕竟没有发生，所以先说眼前之事。

本来我是来向他汇报昨天的新消息——"常客"的定义问题。他几乎没有插嘴，只在我停顿时加两句，全程耐心地听我说完。我还以为他会有长篇大论的分析，谁知他一张嘴居然说："难得来度假，何必搞得这么沉重。"

"度假？"四下无人，我轻声说，"我们是来查案的。"

他说：

"我知道，可是生活中不只有案件呀。"

"你还是不希望我参与调查吗？"杜公子一定是认为我查不出任何东西。

我的表情一定把这种想法带出来了。他抿着嘴好一会儿，然后抬眼直视着我。

杜公子平时说话，在每句话结尾时的语调都带有很奇特的转折，就像他总是弯起的嘴角一样，隐隐蕴含着笑音，让你觉得不回敬他一个笑容简直罪大恶极。用这种标准衡量，他这句话说得算是义正词严。

"我希望给许琳带个健康的哥哥回去！"

狡猾呀！居然拿我妹妹压我，算是捏住了我的命门，我只好屈服了。

他见我妥协，语气又回复正常，表情也是，笑着说：

"而且，我觉得你比案子更值得研究。"

"我？我怎么了？"

"你自己都没注意吧？刚才你和我说了那么多，好几次提到自己时，用的都不是'我'。你用了两次'鄙人'，三次'在下'，你再多说一点恐怕连'小生'也搬出来了。你的样子很严肃，不像在幽默。来这儿之前你好像不这样啊，所以，我在想这种变化是由什么原因导致的。难道这是精神上的返祖现象……"

"嗯？这是……心理学术语？"

"不是，这是我自己造的词。"他近乎顽皮地笑了笑，但很快收敛了笑容，眼神也变得空茫起来，"为什么呢？对古代的向往？从'人心不古'这句话看来，过去恐怕永远比现实美好。根据现代人对古代的了解，'古代'代表着消失的文化，或者外向的感情。我印象中的古人都很开朗，他们会与人一见如故，推心置腹……"

虽然他天马行空地说着，但我可不这么觉得。怎么说呢？他自问的时候，我也跟着思考。当我想到一个地方时，他的下一句正好敲中那里。如此不谋而合了几次，我十分惊讶，甚至有些惶恐。我一直认为每个人都是一个玄机，自己都不一定了解自己，而现在属于我的玄机被其他人参透……我不得不怪力乱神地往"读心术"方面联想。

没有人愿意被看穿，所以我本能地抵触他的说法，但我内心深处清楚地知道，他的方向是对的，虽然他没有做出最终的结论，但是他明白的。

这些日子，我说话确实带出些古味，有事情发生时也总想着，如果这些事儿是发生在古代会怎么样。必须承认，我仰慕豪爽的古风。究其原因，大概是我对现实相当不满。

我和旅馆那些人几乎都聊过天，总觉得这样之后彼此便应该是朋友。但一旦与他们聊完，再看他们时却相当茫然：这个人，我真的认识吗？我与大家在旅途中相遇，却早已注定了分道扬镳的结局。

刘湘也是一样。在说到共同感兴趣的话题时，我觉得我与她是多年知交；而一转眼，她又开始冷冰冰地拒人于千里之外。除了我找她说话，她从没主动搭理我。可是转念一想：除了她以外的人，又有谁主动搭理过我？好像也没有。

可是她不一样吧？毕竟我们以前认识。但重逢后我总觉得她变了很多，她变得冷漠而且愤世嫉俗了。我知道了她的经历当然可以理解，但总是觉得她没有以前好，虽然在她身上偶尔还能看到过去的影子。

再往深了想，到这里以后，我忽然和杜公子亲近起来。在旅馆的大多数时间，我都觉得像不得不为的应酬，而如果二十四小时都是探病时间，我愿意整天泡在医院，哪怕跟他没话找话闲聊着。可是，我们之间发生了什么可以增进友情的事情吗？还是因为我在北京时和他很生疏，而到了这个城市，他变成了我最熟悉的人？就像升学后到了一个新班级，班级里有很多不认识的人，你就更喜欢和以前的老同学在一起。人都愿意和熟人交往，这就是为什么转学的插班生总是处境艰难。

我忽然心中一凛：我都想到这里了，杜公子会想不到吗？他一定知道我老往他那儿跑其实是因为……唉！我这个人呀，只知道盲目地情绪低落，人家却能看出原因。善解人意到这种程度，真是……"阴险"呀！虽然这个词不适宜用在他身上。

回旅馆途中，我又经过了那个工地，与我第一次路过那里的场景大不一样。工地上没有人，铁链躺在地上，那条狗

第
五
章

也不在。

进了大厅，我看见刘湘坐在角落里的沙发上。

我走近坐下，打招呼道：

"嗨。"

刘湘转过脸，把耳塞拽下来，说道：

"回来了？"

"是啊。回来的时候看见旁边的工地人去楼空，也不知道是怎么了。"

"哦，我知道，刚才听服务员和老板说，昨天半夜一个工人回工地，发现几个同事正躺着打滚，好像是食物中毒，现在大部分工人应该正住院呢。"

我想起昨夜的尖叫声和救护车。

"大概是吃了工业用盐，或者喝了工业酒精吧。这也许就是对他们虐待小狗的惩罚。"

"何必这么说？他们也不知道……再说，比起真正的坏人，他们哪里算坏呀？"

"真正的坏人？你指的是……"

"你还记得咱们刚来那天，火车站死人的事吗？"

"怎么不记得？"我就是为这个来的，"你的意思是……"

"我的意思是，这件事似乎没完呀。你有时间看着点江泪，这孩子需要照顾。"

"同感同感！我早就想找时间照顾照顾他呢。"我恶狠狠地说。

"你误会了！我是说他的安全堪忧。"

"他？是别人的安全堪忧吧？"

刘湘摇着头：

"你觉得'狼来了'的故事，给我们的启示是什么？"

"还用说？当然是'一个人说多了谎话，等他说真话时都没人信了'呗。"

她继续摇头，语气深沉：

"不，我倒觉得是'再喜欢撒谎的人，偶尔也会说句真话'！"

我望着她深思的样子，一时无语。

这一天，我一会儿想起杜公子说的，一会儿又为刘湘的话感到疑惑不已，所有事情全在脑子里转，所以我独自待在屋里也就不觉得无聊了，吃完晚饭我便上楼继续冥想。我在自己的世界中遨游，其他人对我来说，相当于不存在。

因为晚饭的汤喝多了，因此半夜我不得不起床上厕所。

出门就是公共场所，还得穿好衣服，真是麻烦。

出门后拐个弯我就到了水房。很好，这里的灯昨天还有一根灯丝在发光发热，现在已经"寿终正寝"地不亮了，乍看之下一片漆黑。可是仔细看便会发现外面的光透过蓝色玻璃射进来，水房里一片蓝幽幽的景象。

起夜完毕推门出来，我听见里面的女厕所门也有响动。这种环境下我自然精神紧张，脱口而出：

"谁？"

"是我。"

"刘湘？你吓了我一跳。"

我刚要走，却发现她站在那里一动不动。

"你不回屋子吗？"

"我……"

"也难怪，这么黑……"我走过去，或者说一点一点摸过去，"我都不太敢下脚。"

"嗯。"

我站在她面前，借着蓝光看着她。如果她害怕，那么……

我伸出手。

她没有动作，依然低着头，一只手攥着另一只的手腕。

有什么不好意思的？

我上前一步，拽起她胳膊就走。

她惊跳了一下，但立刻挽住我，微靠在我身上。

我心里想着：女孩子呀……

她是真的害怕，比我更不敢举步，只是小步小步地蹭着走，等于是我在拖着她走。

我俩还没走出去，就听到背后响起"啪"的一声，这声音回荡在空旷的水房里。

"什么声音？"我回头寻找。

"怎么了？"她抬起头问，五官因蓝色的光而显得深幽，"没事就走吧。"

"啊……嗯。"

我们来到楼道，已经有灯光了。

突然的光亮刺得我用空闲的一只手捂住眼睛，另一只还被刘湘抓着。

我们慢慢地走到了我屋子门口，她也没有放手的意思。

算了，好人做到底……再多走两步，我在刘湘房间的门口停下。我把手抽出来，说道：

"好了，进去吧。"

我折回来，打开门时，听见她叫：

"许飞哥！"

"嗯？"我回头看。她还站在门口。

"我忽然想问，你今天早上是留了张条子给我吗？"

"是呀。"你既然收到了，还有什么可问的？

"那就好。"

我正要进去，她又说：

"对了，你前两天是不是和我说，你的电话簿丢了？"

"对呀。怎么？被你找到了？你记得明天还给我啊。"

"哦，好的。"

睡了一觉醒来，我感到神清气爽。不过……我还是想再躺会儿。

什么声音这么吵？警笛声？好像就在楼下。

楼道里很快充满了"咚咚咚"的脚步声，好像旅馆内有不少人在跑来跑去。

一会儿又听见有人高叫：

"大厅那边拍完照了。下去两个人抬尸体！"

尸……尸体?!

第六章

　　我快速冲下楼，在跑到最后几个台阶时脚步却慢了下来，仿佛回到昨天晚上走在水房时的感觉——漆黑就蒙在眼前，睁着眼睛和闭着眼睛没什么两样，我都不知道下一步将面临什么。

　　我站在楼梯口很久，才敢拐进大厅。

　　我最先注意到的是围了一圈穿着制服的人的地方。电视机前沙发围成的小空间内的地上有一摊血，顺着血迹往棕色的沙发上看，还有凌乱的五道血指印。最醒目的莫过于靠背上用血写成的"7""3"两个数字，它们之间大约相隔二十厘米。

　　尸体呢？已经抬走了吧。那么死的是谁呢？

　　耳边传来一个没有感情的声音，也许它一直都存在，我只是现在才听见：

　　"……死者身中两刀，一在腹部，一在后背。后者直插心脏，是致命伤……"

我缓慢转头，看见贴着柜台站着一群人。我从左往右，依次看了他们每个人的脸。当我看着一个人时，我控制着余光，绝不扫下一个，生怕一下子看完了。

"……遗留在现场的匕首上带有血迹，这把匕首与创口形状基本吻合，应该就是凶器……"

先是前两天见过的何警官映入我的眼帘，旁边站着个照着笔记本念的人，看他嘴唇的嚅动速度，他应该就是作报告的这个人。再往下看是老板，一副垂头丧气的样子。

"……推定的死亡时间是昨天夜里一点左右，前后误差在半个小时之内……"

江泪还是那副嚣张样，却有些虚张声势的纸老虎味道。他靠着一个人的腿，头顶上放着一只手，顺着这只手看上去，能看到他的父亲，他又正低头看着伏在肩上的爱妻。任莉莉半张脸贴在丈夫的衣服上，明知道自己会害怕，还自虐般往血淋淋的沙发上瞟，看一眼后身子又立刻缩回来，随后又不由自主地瞄过去。

"……根据老板的证词，他就住在一楼，昨天夜里却没有听到任何声音，说明死者没有机会呼救……"

田静站在那儿，表情大致如常，也许略有些不一样吧。我这才知道，一个永远表现得安定祥和的人，你是不可能从外观上窥知她心里在想什么的。

"……综合上面的线索，行凶过程基本推测如下：凶手扑到死者背后，掩住死者的嘴，一刀刺入死者腹部。死者本能地按住伤口，双手沾满鲜血，而后奋力挣脱出凶手的钳制，但下一刻又被口鼻朝下按在沙发上，依然不能出声。死者跪在地上，挣扎中，划出许多血手印。在背后又挨一刀后，死者留下了'7''3'的血字，终于断气。"

齐老头捏着手里的拐杖，瞪着报告人，显得很厌烦。齐老太太的目光在警察们身上穿梭，似乎有些失措。而我看方擎岳时，他也正凝视我，眼睛里流露出怜悯。这是为什么？

等一下，算算旅馆里的人，排除现在还活着的。这么说……死者是刘湘？

我听说旅馆内出现尸体时，就担心死的是她，又在心里否定说"不可能"。现在确定了死者真的是刘湘，我却只是错愕，并不觉得难过。

一个不一样的声音突然冒出来：

"66707595，是谁家的电话呀？"

"我，我家的。"我一愣，看向何警官。

"那这个是你的了？"

他慢条斯理地捏起电话簿，一见那熟悉的淡黄色封皮，我立刻伸手去接，但手却僵在中途——电话簿是装在透明袋子中的。

135

"怎么……"

"你知道尸体是什么状态吗？死者跪在地上，上半身趴在沙发上。她的右手紧抓着裤子的口袋，我们费了好大的劲儿才掰开呢。而那个口袋里只装了一样东西，就是……"

"那……可能是她临死前胡乱抓的。"我意识到问题的严重性，慌忙辩解。

他没有直接驳斥，只是盯着我，对刚才作报告的那个人说：

"刚才的描述有一点需要修正。死者不是留完血书后立刻断气的。字在她右边，所以她是用右手写的。如果刚写完就死，她的右手会自然下滑到沙发上。而她在失去生命前的宝贵时间里，又用右手做了一件事……这件事的重要性可想而知。"

"可是我……"

"不光是这个，现场还有两件东西。一件是血衣，就是齐老先生忘了拿走的那件，被凶手穿上作案；另一件是匕首，这匕首为市面上常见的样式，手柄上有血迹，却没有指纹。凶手在下手前做了充分的准备，显然是预谋杀人。死者呢，当然不可能大半夜地自己跑到大厅来，除非是有人约她来，然后凶手埋伏好了，趁她不备扑到她身后……而那么晚的时间，可以约出一个年轻女孩，凶手和她的关系，只怕不一般吧？"

"我们……不是……我以前是认识她，但是……我俩是普通朋友，没有好到……"

"不用着急嘛，"他冷笑起来，"虽然情况对你这么不利，但我最不怀疑你。因为如果死者想告诉我们凶手是你的话，直接抓电话簿就可以了，何必留血字多此一举呢？但是你也不能完全排除嫌疑。"

说着他又扫了一遍旁观者们。

他们马上理解"之一"的深刻含义，当然不肯当俎上肉。任莉莉挣脱丈夫的怀抱，首先发难：

"你又是什么意思呀？上次……"

何警官打断她，对老板说：

"你再把发现尸体的过程说一遍。"

老板不解地眨眨眼，但还是依言而行：

"今天早上，大概六点多吧，我起床了——我每天都这个点起床——之后来大厅开门。结果就看见一片血，血里还趴着个人。我哪儿见过这架势呀？我都吓傻了，也不敢过去瞅一眼，愣了半天，才想起应该打电话报警。然后……我也不敢在这屋待着了，特想冲到外头太阳底下站着去，可是门从里面锁着呀，我这手呀，都哆嗦得不能把钥匙插在锁眼里……"

"好了。"老板叙述时，何警官显得很不耐烦，听到最后一句终于眉头舒展，"你们都听见了吧？门是从里面锁住了，我们来这里以后，又调查了各楼层所有的窗户，它们都是从里面插死的。这就把整个旅馆隔成了一个密闭空间。虽然不知道凶手为什么不加以破坏，不过不管出于什么理由，事实就是这样。凶手只能从你们这些人里找了。"

大家哑口无言，好像都明白他说的没问题。

"那好。我现在想知道案发当日有谁和死者私下见过。"何警官看没人吭声便继续说，"如果把你们分开一个个问吧，恐怕都说自己没有，再告诉我一些其他人怎样怎样的蛛丝马迹，这样就会第二轮第三轮问个没完没了。来，咱们互相揭发，当场对质，隐瞒按包庇论处。"

何警官说完便插着手等待。

现场依然鸦雀无声。

"害怕就不必了。我绝对会派人监视你们每一个人，以防有人逃跑，顺便保护大家不被人报复。不过……"他沉吟一会儿，"偷听到别人的私下见面确实机会渺茫，那么曾和她单独说过话的也请说出来。"

没有人说话，大家只是面面相觑。我也觉得这太不现实。刘湘不是热络的人，其他人也不太可能主动去搭讪，她和人交谈的机会很渺茫吧。再说，谁会整天看着别人在干什么呀？唯一有这个闲工夫的只有……

我看看老板，他一副局促不安的样子，似乎很为难。正在他犹豫间，方擎岳打破沉默：

"我先说吧。我昨天早上和她说过话。"

"说了什么？"

"是这样的。我一大早就在屋里赶论文，可是写到'番木鳖'的时候，那个'鳖'字，我明明会写，可是提笔写起来感觉就别扭，怎么写都看着不对。书里肯定有，但是我找了半天都没找着。我心情挺不好的，就到大厅来透气，看见她坐在角落里的沙发上，忽然想起那天，我曾听见她和这位齐……老人家在讨论中药，好像知识很渊博的样子。我就拿着纸过去，让她帮我写一下。她说她也不会。就这么点事，我们没说别的。"

老板证实道：

"是呀，我差不多整天在柜台，看见他拿着张纸在问什么。他走了以后，好像是许飞回来了，两人一起说了什么来着。"

"我们也就是闲聊。"

"闲聊也得有内容。"何警官不放过任何一个细节。

"我们在聊……"我想想，决定隐瞒具体内容，"我俩一起讨论了一会'狼来了'的故事。"

何警官正饶有兴趣地看着我，老板又说：

"他没坐多长时间，说不了什么。然后，好像过了很长时间，田静坐在她旁边看书来着，她们好像还聊了两句。"

　　"不是呀。"田静的声音略带焦急，但整体不慌不忙，"那不叫坐在她旁边呀。这张沙发又不小，她坐那边，我坐这边，离得挺远呢。平常我们都不说话的，昨天是因为……我同学忽然给我打电话，手机响起来，老板你肯定也听见了。"见对方点头，田静继续说，"我设定的铃声很尖，我当时又正在看书，就吓了一跳。她好像在听随身听，也没防备。后来我看着刘湘，觉得吓到人应该道个歉。可是我以前几乎没和她说过话，不知道怎么开口，不说又过意不去，终于鼓起勇气，说了'对不起呀，刘湘，没打扰你吧'。她冲着我笑，说'没什么的，我只是以为我不小心压到了手表，是它在响呢'。我挺好奇，就问'你的手表还能当闹钟用？'她点头说'对呀，响起来很刺耳，还能报时呢'。然后就表演给我看。我听见它叫'现在时间——十六点三十九分'。她又按了别的钮，手表又叫了'闹钟设定——五点'。然后……然后就没有然后了，我们也就说了这么多。"

　　"等等，"何警官表情惊喜，"太好了。也许这是个意外收获……"他指挥旁边的警察，"把死者的表拿来。"

　　另一个警察捧着透明袋来到田静面前：

　　"你还记得闹钟响时，她按的是哪个键吗？"

田静迟疑半晌，终于隔着袋子捏了一下，听到那沾满血污的表里传出电子化的规范声音：闹钟设定——〇点三十分。

何警官说道："死亡时间就是〇点三十到一点三十之间，她修改了闹钟，果然是与人有约呀。"

他欣喜地看着田静：

"除了这些以外，你还知道什么吗？"

"还有……好像没有……对了，"她睁大眼睛，"和案子没关系的也可以说吗？我真的觉得很奇怪……"

"有什么就说什么。"

"就是那天——你们来搜查的那天——晚上，我……我失眠来着。生平第一次知道身边有人死掉，怎么也睡不着。当时都很晚了，大概十一点多吧，我听见楼道里有'笃''笃''笃'的声音，一声接着一声，越来越近。我已经很害怕了，可是……可是……"她五官一皱，都快哭出来了，"那个东西……它……它正在推我的门。我胆子本来就小，再加上刚才还在想死人的事，立刻把脑袋扎在枕头底下，缩在被子里，根本不敢睁眼。过了好久，我才缓过来，给自己壮胆了半天，小心地开门去看。结果……楼道里空空的，什么也没有。"

她低着头，手紧攥着衣服，似乎真的很恐惧。可是……

真有这种事？应该是心理作用吧？我正将信将疑，忽然想到她说的那天，也是我来这儿的第一天晚上，我做梦梦到啄木鸟。难道是我睡着时也听到了"笃笃"声，这是现实反映在梦里的结果？

这时又跳出了一个证人，不由得我不信。

"哦，哦，我也听到了。"破锣嗓子的江先生说，"不过不是那天，是第二天。晚上，我正用电脑写一份报告，写得很不顺。先是八点多的时候，我儿子冲进来说，有人故意破坏他练字，连字帖什么的都给弄脏了。我劝了他两句，就让他找他妈去。等我写到十点多的时候，就听见外面'笃笃笃'地响。听了几声之后，我心想这是干什么呢，非去看看不可。但在我开门之前，忽然又不响了。我还是出屋了，结果……就看见一个人，站在水房门口的黑影里，但是我认得出。他！就是他！"

他指着方擎岳"他"个不停。

方擎岳点头说"没错，是我"，一见所有人都看着他，忙摇头说"不，不是我"，如此反复几次，他终于咳嗽两声，捋清思路：

"我的意思是，他看见的人，确实是我，但是那声音可不是我弄出来的。那天我是起来方便，在厕所里的时候，就听见墙外边'笃笃笃'地响。我还琢磨这是什么声儿呀。后来出来一看，四周空荡荡的没有人。我正站那儿纳闷，他……"他回指江先生，"他忽然开门冲出来，还吓了我一跳呢。"

"等等。"何警官问，"能具体形容一下那是怎么样的声音吗？"

田静咬着嘴唇：

"就好像……就好像……什么东西在敲地面！"

一言既出，所有人的目光都集中在齐老头的拐杖上。老头脸一沉，眉毛一拧，拿拐杖用力顿地三下，大声喝问：

"一样吗？"

"这……"田静皱眉思索，"不太一样。不过上次听见是晚上，当时安静，而且楼道里，有回音，那个……"

"你们听见的时候都十点十一点了，那时候我早睡了，即使不睡也不会跑你们二楼去呀。再说，我走路需要拐杖吗？你们谁看我拄过拐？"

田静闻言低下头，小心翼翼地说：

"所以才奇怪呀。您根本用不着它，干吗整天拿着拐杖？有时候还拎着在地上拖……而我听到的声音里，除了'笃笃笃'，还穿插着类似某种物体跟地摩擦的响动。"

"我愿意拿着拐杖犯法啦？你这姑娘叫什么呀？没准的话别瞎说。"

齐老头恼怒地要冲上前，被老伴拽住衣襟，齐老太太替他解释道：

“这是儿子送的，你就让他拿着吧。”

“你还跟她说这个呢？哼！”

田静噘起嘴，不屈不挠：

“可是……可是……只有您可能发出这种声音呀。如果不是您，这里就没有人啦。大晚上在楼道里走的，总不可能是外人吧？”

“外人？还真有可能。”老板眼睛一亮，像想起什么，“我知道，刘湘和某个外人见过面。”

“某个？”何警官问，“你没看见是谁吗？”

“没有，但肯定不是旅馆里的人，因为当时大家都在楼上呢。”

“什么时候？”

“就是那天，她打翻了东西，自己感觉很尴尬。所有人都回屋去了，她还待在大厅，低着头，好像在忏悔自己怎么这么鲁莽。她一直坐到十点，这是店里固定关门的时间。我先去把楼上楼下的窗户都插好，再回到大厅关灯锁门。我关窗大概用了十分钟，再回来的时候，发现大门开了一半，她站在门口，还说着‘慢走啊’。我过去了，她还站在那里不动。我说‘姑娘，让开点。我锁门了’。她便退开一步，然后就站住了，好像在想什么，脸上还带着笑。我锁门前特别往外看了一眼，没瞅见什么人。我锁上门后，还问了她一声‘灯我给你留着了，你想着关’，她说‘不用，您关了吧，我摸黑看就行’。我就关了灯，留她一个人看电视，我自己睡觉去了。”

“不是每个屋子都有电视吗？为什么……？”

“那些都是老东西了，也不很清楚，基本是个摆设。她来这儿的第一天，我要关门的时候，过去跟她说‘姑娘，别坐着了，睡觉去吧’。她说‘这么早呀？我的生物钟还不让我睡，我宁可在这儿坐着，您该干什么干什么，不用理我’。我知道这种人，她们是夜猫子，到晚上才有精神。我们这儿以前也有这样的住户，他们睡不着，就在自己屋里折腾，我们这儿墙又薄，住户们净为了这个闹意见。我就说‘要不然你在这儿看电视’，她挺高兴，说她正想这样呢，还说晚上的节目一向比白天好看。我要走的时候，她问我‘您平时都几点起呀’，我顺口回答‘六点’，不知道她问这个干什么。第二天起来一看，她坐在电视机前头，我还以为她一夜没睡呢，一问才知道不是。我后来问她留不留灯呀，就是因为当时厅里还有点黑，她就把灯开开了，所以我觉得她也乐意亮着看电视。”

老板叹口气：

"现在的孩子呀，仗着年轻就不在意，听说好多爱熬夜的，她来这儿的这几天都是这样。唉，自己不注意身体，也不锻炼，往那儿一坐就是一天，这么晚睡，还起得比我都早，再不好好吃饭，造孽呀……亏她姐姐还让我多照顾她。"

"她姐姐?"

"对呀，她是和一个比她大的女人一起来的。那女人搂着她，两人先坐在沙发上说了会儿话，然后那女人又帮她订了房间，填了登记簿，叫服务员把行李搬上去，还说'我表妹身体不好，您一定多关照，几天之后我来接她'。什么都是人家在张罗，她跟没事人似的坐着，根本不理会。我当时都糊涂了，好像要住店的是人家不是她似的。都弄完了，她姐姐又回到她身边，嘱咐了半天才走的。所以我对她印象不好，我感觉这孩子太懒，而且爱支使人。我们这儿服务员擦地擦到她身边，让她抬脚，她就说'能顺便帮我拿包饼干和一听饮料来吗'。反正是举手之劳，服务员也不能说'就不行'。服务员把饮料给她拿过去，发现她正张着手等着呢。她将东西吃完以后就放在旁边，等服务员下一次打扫时收走。我就觉得这大小姐脾气真是……可是后来，我又觉得她还挺负责任的，自己闯的祸知道自己收拾。昨天早上我起来一看，被她弄到地上的东西她都拾掇到垃圾桶里了，甚至连地都擦了。我去睡觉前还乱七八糟一片呢，一定是她趁我去睡了，偷偷弄好的。我都说不用她做了……"

"好了，"何警官一直若有所思，到现在才阻止老板越说越多，"你真是提示了我。我刚才还在想，大厅里熄灯后伸手不见五指，凶手是如何下手的呢？总不至于嚣张到明目张胆地开大灯吧？现在知道了，案发地点不正在电视机屏幕的前头？一定是死者以为自己早到了，所以想一边看电视一边等人，等她打开电视机后，还没坐上沙发，就被人从背后偷袭……"

"目前的疑点基本都清楚了。各位还有没有那种需要和别人对质的猜测或怪事？"

众人没有搭腔。

"好啊。那么现在咱们开始按顺序单独讨论'7''3'的问题。"

不知不觉已经到午饭时间了。

因为警察们也在这里吃饭，"嫌疑人们"就被挤到了一张桌子上。正在就餐的人们，有些人已经经过调查，有些人还在等待。但不管是哪种人，似乎没有谁真正吃得下东西。

我拿一次性筷子戳着米饭，总觉得有人不停地在看我。我抬眼张望，发现是对面的任莉莉。任莉莉一见我回视她，她就低头假装吃饭，等我撇开眼神，她又开始瞪我，好像我哪里得罪了她似的。

我的心情本来极差，加上她眼神的"催化"，我一拍桌子，叫道：

"你看什么看？"

她抖了下，立刻不甘示弱：

"都是你，乱写电话簿。"

"哈哈！可笑！我的电话簿怎么写要你管？"

"你爱怎么写怎么写，可是……为什么第'7'页第'3'行偏偏是个姓'江'的？我老公就这样被怀疑上了！都怪你！"

"你自己运气不好，还想赖别人？"

"你说什么？！"

她正要扑过来，但被旁边的田静用力拉住了。看样子，她很害怕我们吵架，当起了和事佬：

"算了。发生这种事，大家都得被怀疑呀，都心情不好……"

"'都'？'都'在哪儿了？我怎么没看见呀？"任莉莉怒火更盛，反而烧向田静，"我就知道只有我们家倒霉。那些人说什么？'7''3'可能是凶手改的，'7'上边那横是后来加的，本来留的是'1''3'，我又住'1－3'号房，开什么玩笑？我杀她干什么？有杀她的工夫我干点儿什么不好？要不是我这孩子这么点大，恐怕他也要成为嫌疑人了。"

任莉莉的样子看起来既焦虑又轻鄙，对她来说好像刘湘死了不是什么大事，而因为她死，给自己带来的麻烦本身才是大事。要不是怕这种态度太过冷血，她一定明白地表示出来了。

"别吵了！坐下吃饭。"这边的喧哗终于引起关注，一警察拍案而起，用呵斥犯人的口气维持着秩序。

任莉莉终于坐下，尖声尖气地说：

"你说有这样的吗？也不看清楚了。那个'7'字竖斜成那样，原来能是'1'吗？有那么写'1'的吗？"

田静挤出笑容说：

"不光你们两口子呀。我也一样脱不了干系。"

"你？你怎么了？"

"他们硬说'电话簿'代表电话，所以刘湘想留下的可能是某个人的电话号码，可是又记不清楚，只记得号码里面有鲜明的'7'和'3'，而且'7'前'3'后。两个字中间不是有空白吗？这说明在整个号码里，它们不挨着，中间还有数字。我的手机号就是前面有两个'7'，隔了个数，后面接着一串'3'。当年买这个号码还很贵呢，我就图个好记，谁知道……"

"我觉得这么解，好像最有道理。"任莉莉立刻转嫁危机。

"有什么道理呀？那个死人要留言，至少她自己得知道吧？可是她怎么会有我的手机号？我们都没怎么说过话，根本谈不上认识，我也没告诉过她我的号码呀。至于什么'第7页第3行'和'1''3'哪，她倒是肯定知道。"

我直挺挺站起来，不想再听她们互相之间的推搪影射，我要出去给杜公子打电话。

跟警察们请示过后，我站在餐厅门口，也是警察们看得见的地方，打通了医院的电话。

电话打到医院找病人，实在有些莫名其妙，我自然也很是磨了番嘴皮子，多亏他与护士们保持的良好关系，终于接到了想找的人。

"喂，是我。"杜公子的声音，很有特点，一听就知道是他。

"我许飞。这里又出事了。"

我把今天早上到现在发生的事详细地叙述了一遍。

"……就是这样。现在的情况是，除了齐老夫妇和方擎岳外，其他人都和'7''3'及电话簿有或多或少的联系。"

我正说话时，看见方擎岳从面前走过，他应该是受审去了。

"那些联系……田静的电话号码死者也许不知道，'1''3'勉强有道理，'第7页第3行'的说法很不可思议。难道她事先知道江源要害她，为了留言特别背了你的电话簿？不然她怎么可能知道那么清楚的位置。如果只有'7''3'的话，我倒觉得最有可能指的是齐老头。"

"他？有关系吗？"

"那天刘湘说起大家的名字，你当笑话给我讲过，还记得吧？他叫齐近礼，没错吧？'靠近'的'近'，'礼貌'的'礼'？真是这样啊……有个大胆的猜想。他那个年纪的人，取名字这么讲究，就该有家族特征。规矩一般都是——三个字的名字，除了姓，其中一个字代表辈分，另一个代表本人。而这个字通常和兄弟们的字用一个偏旁，或者会引典故。你跟我提过一句，他老伴说他的名字是和其他四个堂兄弟一个系列的？五个一套的这种，最通俗的是'金木水火土'，而最爱用来取名字的，是'仁义礼智信'。'礼'，排行第三。如果姓'张'的人排行第'三'，会被人叫'张三'……"

"你是说，'7''3'的含义是'齐三'的谐音？"我忍不住点头。确实，这个答案比其他猜测更有刘湘的风格。

"应该不是。电话簿是什么意思，我完全没有考虑，所以这个推理不对。而且，虽然你说得已经不能再仔细了，但我现在依然可以说什么都不清楚，我对所有人的了解，还停留在名字和你形容过的性格。我想知道，从你住在那里开始到现在发生的所有事情，包括你看到的、听到的，哪怕是你的一些没有根据的感受，这么说吧，即使是某个人吃饭掉了一根筷子这种事，只要你想得起来，都告诉我。"

虽然我不想全说，但是为了大局……而且，有些事，如果没有亲身经历，听的人就很难想象出当时的气氛来。

我竭力回忆，试图掏空自己的脑子，一点点输出，不再像以往向杜公子报告那样偷工减料，要能真正做到巨细无遗。

"是这样呀……我现在有点乱，想法有是有，可是不太切合实际，有一些细节一定得和你当面确认。嗯……我去找大夫，马上办出院手续。"

"你能行吗？好得怎么样了？"

"刚才烧了一阵，量出来体温39.2℃。不过感觉好多了，不像前两天，我可以过去，没问题，不至于晕在半路上……"

"那你还是躺着吧，我找你去。"

"你现在是重要嫌疑人，怎么过来呀？不过……也好，和警察们好好说说，实在不行，你还有介绍信呢。"

掐断电话后，我回到餐厅。饭菜已经撤掉，但大家还坐在原地，等候传唤。

方擎岳已经回来了，他苦笑着，像刚经历了什么荒诞的事情，坐下就哀叹：

"我比窦娥还冤呀。"

"你怎么了？你也被怀疑了？"

他点头不断：

"也该着我背，哪年不好出生，非赶在'73'年？"

"你73年生人，那……今年二十七啦?!"比我还大？

"对呀。"

"我第一次看见你，觉得你像二十出头的人。"

"我们一家人都显年轻。"

"你告诉过刘湘你多大？"

"我没事跟她说这个干吗呀？就是因为没告诉过她，所以才说我冤呀。她总不可能凭空就猜出我二十七了——你也说，根本看不出来——然后从2000年和二十七岁，推导出我是73年生的，还拿来留言？她最后写的讯息，必然是自己百分之百确定的东西呀。"

"当然。"

"小伙子，你都二十七啦?"灾难使人矛盾激化或使众人团结，旁边的齐老太太主动搭话。

"啊，是呀。"

"哎哟，可不像……你看着可年轻呀。"

"您也看不出老呀。"方擎岳与她相互客套，"您……高寿？"

第
六
章

"还不算高哪，七十五啦。"

"不像不像。"

江汩看来比他母亲冷静很多，靠过来，说道：

"奶奶都这么大年纪啦？我一直以为您五十多呢。"

老太太摸着他的头，皱纹笑得堆在一块儿：

"也不是真七十五岁。我们这辈人哪，没有零岁，落地就是一岁，过了年又长一岁，所以是虚岁两岁的。"

虚岁两岁？那么实际年龄……七十五减二……七十三！

我膝盖一软，差点没跪地下。

我开始怀疑杜公子那些前俯后仰的过激动作都是被这些见鬼的案情刺激出来的了。

第七章

下一个被提审的是我。

见到何警官后，我申请把审问我的次序往后排，先审问剩下的人，理由是我重病的弟弟现在正躺在医院，并且医院那边好像有突发状况，我不去不行。

我一向觉得坐在桌子后面的这个警察非常难缠，已经做好了使用介绍信的心理准备，没想到这次他出奇地好说话，立刻点头指派了个人陪我去，并嘱咐在我不逃跑的前提下，给我最大的自由。

既然他都这么说了，我也就不客气了。到医院后，我让随行监视的警察在病房外候着，我一个人进去见杜公子。

"这次靠你了，杜公子。"我在病床边的椅子上坐下。

"杜……杜……杜公子？"

他惊讶的时候，会向下扯一边的嘴角，露出下边的牙床。这次他真的大吃一惊，所以两边嘴角一起扯开了。

"呃……"我好像没有当他的面叫过这个雅号，"那个……”

“没什么的，我习惯了……我一个开保安公司的朋友经常这么叫我，没想到你也……我长得很像古人吗?”

“你这应该属于某种返祖现象，我劝你回去之后赶紧置办一身白色长袍，再加一把折扇……”

杜公子笑着，越笑越淡:

“那咱们是不是应该先解决点什么问题，才好尽快回去?”

“是呀。我在来这儿的路上，一直想来想去，脑子里一团乱麻。我觉得旅馆内的所有人都很可疑，就连从哪个角度想都绝对不会是凶手的江泪——那孩子，都有点……”

“你觉得他们哪儿可疑呢?”

“比如，刚到旅馆的第二天上午，江源到大厅叫他老婆，那时候我恰好看着刘湘，她表情一下变了，好像用力在皱眉，我猜她是不是和这位江先生有什么渊源;同一天晚上，她又使劲盯着齐老太太，盯了好一会儿呢，会不会之前发生过什么……我也不知道。”

“除了她这些奇怪反应以外，还有好多事都乱七八糟的。那次'找伞事件'让我无意中发现，第一天晚上，齐老头那件衣服曾经被人动过。可是我想不出谁会动它，动它做什么，而今天它变成了凶手作案用的血衣，我总觉得这之间有什么联系。”

"还有，好多人听到的怪声，你知道我想到了什么吗？那个要饭的瞎子！田静的说法是：'笃笃'中穿插着摩擦声，这不正是对一个瞎子用拐杖探路的声音最贴切的形容吗？可是，他白天不可能明目张胆地进旅馆，晚上锁门后，可能有内应在里面帮他打开窗户。再往后想，第二天下午，那个瞎子曾经到旅馆门口乞讨，刘湘当时的情绪相当不对；当天晚上，她就和一个不是旅馆中的人见面。你知道我胡思乱想到什么地步？我认为她见的是那个瞎子，而他们之间的约会是下午定的，也许由琴声传达？可是这种秘密会面，不是普通人干得出来的呀。再说，他们真的只碰面过这一次吗？他半夜在楼道里走，是不是来见刘湘？在她死前的那天夜里，我在水房碰到她，我们一起走到半路，听见身后有响动，是不是当时现场还有别人呀？而她不让我追究，催我快走，他们之前是不是在里面密谋什么？后来杀人的也是他吗？动机是……意见不合？只是他是怎么离开的？整个旅馆是密室呀。"

　　"吕良的信里，说他住旅馆时经常见到一个人，我们就臆测他指的是某个'常客'，可是他并没有说那个人就是旅馆里的住户呀，他老看见并且觉得异常的，会不会是那个瞎子？老板说他常到店门口要钱。并且，吕良去火车站前很激动，他说要去拍瞎乞丐的照片，会不会是想留证据？谋杀案发生的时候，瞎子也在火车站。如果他真犯了罪，那他是真看不见吗，还是装的？难道他和刘湘才是咱们一直在追查的贩毒集团的余孽？可是，她是个好姑娘，我不相信……"

"不相信就别信了。"

"我现在不知道该相信什么，该怀疑什么，我的脑子里都搅成一锅粥了，还是八宝粥……尤其是最后的电话簿和'7''3'，我的妈呀！"

杜公子微微一笑：

"留言本身不算难解，只是问题不在留言上……"

"啊？你已经知道留言是什么意思了？快说说，你怎么想的？"

"不，"他摇头，"关键不是我怎么想的，而是她怎么想的。死亡留言是死者要告诉我们的一些信息，所以，留言在我们脑子里是什么意思并不重要，重要的是，在她脑子里是什么意思。"

"从死者的角度去理解留言？"

"嗯。"他点头，笑容非常微妙，好像在庆幸着什么，"所以，你当初让刘湘从'营业执照'出发去发散思维，真是个意外收获。这让我们知道了死者的思考方式。如果每个留言都有这么好的条件就省事了。"

"是吗？"

"当然。首先要搞清'7''3'和电话簿的关系。我的猜

盲
人
与
狗

测是，如果'7''3'相当于密码，那电话簿就是密码表，要解读'7''3'必须靠它。这样……我们先把'7''3'搁一边，单说电话簿。刘湘拿着它，想到的会是什么，如果从形状上考虑的话？"

"手风琴？"我那个样子的电话簿拉开时，很像琴上的风箱。

"我倒觉得，更像……你看过古装连续剧吧？里面的书，或者奏章……两边是硬皮，里面是折起来的纸，简直一模一样，是吧？而且，用来写电话号码的一条条横线，铺开看时变竖线，看起来像为一列列的竖写字打的隔断。古代人写字正好是竖着写的吧？"

"确实很像……可是这有什么用呢？"

"这就给我们提示，让我们注意阅读顺序。竖体字的阅读规则是从右往左读呀。"

"你是说，'7''3'其实应该是'3''7'？"

"我参加过一次在山区里举办的夏令营。营长教我们辨认植物，其中一种叫'三七'，'三七'的叶子细长，叶边带锯齿，是可以治疗外伤的中药。"

"中药？指的是中医——方擎岳？"

"在已经知道大家的名字的情况下，用职业留言，概率很小。还有更好的解释，'三七'的全名——'景天三七'。"

"'景天'……'田静'！"利用形似、谐音，以及刘湘熟悉的中药，简直像在用她的脑子想事情一样，这种感觉……就像找到被撕成两张的纸，将两张纸对接时看到交接处严丝合缝，所涌起的精妙感叹。"你，你是怎么想到的？"

"顺序正好相反。自从你告诉了我'7''3'，我就想'7''3'是什么呢，嘴里开始倒腾'73737373'，忽然意识到我在读'37'。这样的留言，看似复杂，因为我们很难想象死者在死前的一刹那能想这么多。可是她是平时就爱奇思异想的刘湘，诸如此类的想法恐怕经常在她的脑子里转悠，她这样留言就像我们计算'1＋1＝2'一样，完全是凭直觉。"

"这么说，凶手是田静？难怪了，刘湘死前曾提醒我注意江汨的安全，而江汨和我说过他看见田静杀吕良，他也一定跟刘湘说过。可是这样，田静也不该杀死只是听了一耳朵闲言，相不相信都两说的刘湘呀。这样的凶手还真奇怪！"

"不，田静不是凶手。"

"可是，留言说是她呀。死者最后留下的讯息，总不可能是假的吧？"

"也许，凶手就是要利用这种想法呢？"

"你是说，留言是凶手写的？"

"可是，又有谁这么了解刘湘的思路，并能够加以模仿呢？电话簿也绝对是死者自己抓的……"

"你是说，留言确实是刘湘写的，可是死亡讯息指示的人却不是凶手？怎么会有这种事？"

　　"我也诧异呀。不过，也是讯息告诉我，田静绝对不可能是凶手。"

　　"怎么说？"

　　"从死者的角度讲，死亡讯息的原则是别人能看懂而凶手看不懂。所以，在能瞒过凶手的前提下，越简单越好。如果凶手是田静，我想她会直接留'3''7'，因为田静对中药一窍不通，不会知道'三七'是什么。而她留的是'7''3'，然后又用电话簿表示倒读的顺序，如此费事……这说明，在刘湘心里，凶手是个懂中药的人。"

　　"也许田静是装不懂呢？"

　　"她总不会事先预测到刘湘被杀时会留下和中药有关的留言，才故意装作不懂中药吧？而且，不懂装懂并不容易，懂装不懂，其实更困难。一个人，有什么样的经历和知识，才会产生相应的想法。对于其他人——脑子里装的东西和她不一样——也许根本无法理解。"

　　"我有一点明白，但是……"

　　"那我举个例子。我有个妹妹……"

　　"你也有？"

　　"表妹。"杜公子拉住我的手，看着我的眼睛，做出可怜状，"我俩都是当哥哥的苦命人！我这个妹妹呀，毛病很多，比如挑食，不吃虾。我一开始以为她是海鲜过敏，后来看她吃加工过的虾肉就没事，问她为什么。你猜她怎么说？'哥，它……它很恶心呀。看它长那样儿，硬壳，但壳里头软乎乎的，肚子底下还有一排爪儿……你不觉得它就是海里的肉虫子吗？'我一联想到陆地上的虫子，还真有几分神似！虽然事实摆在眼前，但是这种理论，一个爱吃虾的人是不可能想出来的。再说这个案子，一个人会把'枸杞'说成'红色葡萄干'，说明这个人真是对中药完全没概念。"

"可是，刘湘怎么会留错言呢？"

"这个问题先放着，再来看留言。还有一点我们不理解，就是'7'与'3'之间的二十厘米。在生命的最后一刻，一定是分秒必争，她为什么不挨着写，而要在两个数字中留空当呢？何况……"

杜公子叫护士拿笔和纸来，然后和我说：

"来，你现在闭上眼睛，在纸上随便写个字。"

我不理解他想干什么，但我照办了。我提笔写了个"刘"，睁眼一看，整个字挤成一团，竖刀都压在"文"字上了。

"留言的时候，她是被按在沙发上的，看不见自己写的字，和你刚才的情况一样。所以，她写的'7'和'3'也应该是粘在一块的，至少应该是紧挨着。可是她却好像为了防止这种事发生而刻意隔开了距离。难道她在那种危急关头，思路缜密地想到了这一点？可是，大多数人根本想不到，她为什么能想到？"

"这……"

"推理到这里，我就发现，在这个案子中，似乎死者身上的疑点比凶手还多。比如很多人，因为刘湘的动作和表情被你怀疑。那么有两种可能：一种是那些人都有问题；另一种是刘湘自己有问题……"

"她？她能有什么问题？顶多是比较喜欢瞎想……"

"除此之外呢？你对她还有什么感觉？"

我换上奇怪的眼神看他，他声称是"工作需要"。

"感觉？没有什么呀。啊，对……"我回忆着，笑起来，"我忘记是哪天了，曾看见她坐在那里沉思，我忽然觉得她的样子很像言情小说中的女主人公。"

"她还干了什么让你这么想呀？她跑到水边梳头去了？或者是整天照镜了？"

杜公子笑着问，句末的语调在这时上扬得特别厉害。

"你是怎么知道的？"这分明是我和小琳之间的私人对话。

他摆着手，表示他绝不是故意的：

"你也知道咱们楼的隔音效果……"

"问题是，你问这个干什么？"

"这真的很重要。"

"是吗？我怎么会这么想呢？她……也许是矜持吧。"

"矜持？表现在什么方面？"

"我和她说话的时候，她态度很冷淡，好像总是心不在焉。"

"这些是从语言上体现，还是从肢体语言上体现？她是说话颠三倒四，前言不搭后语，还是左顾右盼，看起来不够专心？"

"好像是……后者。我平时都没细想过，现在让你这么一说……"

"当你产生一个想法，而你知道它是从哪里来的时候，会很有帮助。果然，这和我猜的一样。"

"你的想法是……"

"实在有些离奇，可是我又想不出其他解释。所以，你帮我回忆些细节，如果想到什么，可以反驳这个过于大胆的假设，一定要说出来。"

我点头，郑重地做好准备。

"嗯……必须先说楼道里的怪声音。你说那是一个盲人发出来的，我也同意。可是，这个盲人是谁呢？很多人听到

'笃笃'声，都是响一阵子，然后就没动静了，出去一看，什么都没有。摒弃一些灵异类的联想，最好的解释就是，发出声音的人走着走着进屋去了。这说明他是旅店内的住客。但是，现在还活着的住客们，可没有一个是瞎子。所以我想问，刘湘的眼睛怎么样？"

"她……她的眼睛好得不得了。"

"那是什么时候？"

"小时候呀，她上小学……"

"可是长大以后呢？我记得你说，她退出演艺圈，是因为一场车祸，当时她磕到头破血流，会不会伤到了脑子内部，导致失明？"

"我……这……"不能说不可能呀，可是，如果她已经看不见了，还不在家好好待着，跑出来干什么？"

"治病呀。我每天住院也会起来走走，所以从外面的大屏幕上知道，这里有全国顶尖的脑科权威专家，不久前还上了新闻，她一定是听说这个才来的。"

"啊！"我不敢相信，但是心里已经有点信了。

"我们回头来看留言。刚才说了，一个人的想法，和她的经历直接有关。她在生死关头，能想到人之所不能想，避免字迹的粘连，是否因为她以前就有看不见时写东西的经验？除此之外，说她失明的旁证还有很多。比如她往那儿一坐就是一天，根本不动地方。你们没有人看过她走路，只有老板看到过，而那时她由姐姐搀扶……"

其实我看过她走路，只是那时她靠在我身上。

"老板说她喜欢让人伺候，明明有餐厅她不去吃，而叫人帮她拿饼干过去，而且她也不自己扔垃圾。她是过分依赖别人，不愿意自理，还是生活根本不能自理？"

她是个独立的人，不应该是前者呀……

"她听说有人欺负那瞎子，会掉眼泪，是因为觉得自己与那盲人同病相怜？"

难怪了！

"还有，盲人需要一根拐杖，让我想起她那柄铁头弯把的伞；还有，同龄的女孩子，一般都会戴样式精美漂亮的手表，而她却戴着那笨重不美观的电子表，大概因为电子表带有特殊的报时功能？"

真是……有……有道理呀！

"再看大家的行李。江先生有笔记本电脑，江夫人有编织方面的书籍，孩子有习字帖，方擎岳有论文，田静有大部头哲学著作，齐老夫妇没带什么，但买过报纸。为什么大家都有可看的东西，而刘湘只带了个可听的随身听呢？"

我怎么没想到？

"你说她像言情小说里的女主人公，最大的原因也许是，她有一双外观正常而眼神虚无缥缈的眼睛？她眼神从来没有聚焦在你身上。"

她不主动和我打招呼，是因为不知道我在旁边？我在水房伸手让她拉着，她没有反应，不是因为羞怯，而是因为她根本看不见？

"至于她和老板说要看电视，可是老板真的看见她看电视了吗？没有，老板转头就睡觉去了。第二天早上，他说刘湘为了亮堂地看电视而开了灯，我想是因为刘湘去睡觉时根本没关灯，让它亮了一夜，因为她不知道灯是开着的。"

前一晚，我和她从黑暗的水房走到楼道灯的下面，我觉得灯光很晃而挡住了眼睛。刘湘呢？她只是平静地依着我，没有其他反应，因为光对她没有意义？

醍醐灌顶般，仿佛打开一个新领域，原来不明白的事情，我现在都明白了。

"可是……她为什么不直说她眼睛不好？那样，别人也好多照顾她呀。"

"她是故意的。你想，据田静说，她的电子表曾报'十六点三十九分'，说明这表是二十四小时制的。所以她的闹铃设的'五点'，就是早上五点。她就算习惯早起，也不至于这么早吧？而她每天都在老板去睡后还不动弹，现在我们知道，她不可能是在'看'电视。她比所有人起得都早，比

第七章

所有人睡得都晚，旅店内的住户任何时候看见她，她都在大厅里。她就是不想让人看到她需要依靠拐杖移动的样子。"

"如此费尽心机，是因为她那过剩的自尊心吗？"

"不是，应该是兴趣。"杜公子看着我，感叹说，"有些执着的人，你真的会感觉她就是为了实现某个目标才诞生到这世上的……我听说她是个天才演员，之前所有的一切，她都是在'表演'！"

我恍然大悟！

我了解刘湘对表演的狂热……

"刘湘的表演显然非常成功，大家只是觉得她奇怪，但没有人怀疑她失明。"

"好，咱们站在她的立场，过一遍所有事。从火车说起……"

"对了，在火车上，她说过一句我特别不理解的话。当时有个挂拐的瘸子走过火车窗，她姐姐说'那个人好可怜，不能独立走路，必须倚靠手杖'，她说什么'希望他不是城里人，否则脚一定会痛'。这应该怎么理解？"

杜公子不知道这件事，想了一会儿才说：

"恐怕是这样。你能看见那个人，所以你知道那是个瘸子。而刘湘看不见，只能根据她姐姐的话来了解情况。'一个人走路需要手杖'……把'手拐'说成'手杖'，这是口误，还是为了说着好听呢？如果她听到的是'手拐'，自然能想象出一根带三角头的棍子。而'手杖'在想象中就是单调的直棍。她会误以为那是个拿着直棍，和她一样失明的人。"

"可是瞎子和城市，还有脚痛有什么关系？"

"刚才我说过，每个人想法的产生，都与其经历有关。而刘湘因为失明，对城市交通的进步——她出门可以很方便地坐到车，以及针对残疾人的公益设施特别敏感。如果她认为姐姐说的是个盲人，那么他在城市里走路，一定需要走盲道。你走过盲道吗？"

杜公子见我摇头，笑道：

"还是我刚才说的那个妹妹呀，有一年春节，我带她去逛庙会。我们还没到会场呢，就挤满了人。我们就跟着人流慢慢往前蹭，她忽然提出要和我换位置，当时人挨人、人挤人的，实在是不方便。可她非换不可，还对我说'我正好踩在盲道上。你到我这边试试，脚心像抽筋一样疼'。"

"是这个意思……她自己也一定深知个中滋味……"

杜公子打断了我的出神，让我继续听他说：

"好，现在火车停了，刘湘和她姐姐下了火车，到了旅馆。她姐姐把她安置在沙发上，去张罗入住事宜。在这之前，刘湘也许因为火车上的事，以为姐姐在说瞎子，与她闹了别扭。因为从心理方面考虑，失明让她离开了最心爱的舞台，她一定非常痛恨失明，从而忌讳别人说她的眼睛。所以她姐姐不敢直说，只用'身体不好'带过。"

"刘湘的姐姐走后，你到了旅馆，认出了她。而她说你的声音耳熟，这就很奇怪……"

"有什么奇怪的？我在火车上，也觉得她的声音耳熟呀。"

"在火车上，你只能看到她的背影，所以你听见她说话时觉得她的声音听起来熟悉也很正常。而当时你都站在她面前了，她如果看得见，但认不出你的话，会说'我不太记得您，但您很面熟'，而不是'您听起来耳熟'。"

"她不知道你是谁，而你说'我变样了吗'，言外之意是'你仔细看看我，认不出来吗'。她一听这话，就想：难道他不知道我失明？……"

我跟着杜公子说的情节回忆：

"然后，她故意拿话套我，我说与她相关的事我只听说到她出院为止。明明是挺难受的事，她脸上却一下闪出非常奇特的光芒……"

"那是因为她忽然意识到这里是个全新的环境，没有人知道她失明，对她来说简直是个绝佳的舞台。一般的演员能成功扮演盲人已经非常了不起，而要以盲人的身份饰演正常人，对她来说，是个值得兴奋的挑战。"

"是呀，"我补充道，"当时她说'我再也不能上舞台表演了'，我当时觉得她特别强调'舞台'，原来她的意思是说她只是不能上真正的舞台，却可以在现实中表演。她摸着额头上的疤，表情哀伤，我以为她是在为自己的破相伤心，其实是为了那次车祸带来的失明吧？以她的脾气，如果只是容貌受损，她会继续努力当个稀有的、脸上有疤痕的明星。可是，据她说，舞台上对演员走位的要求相当严格，如果她看不见往什么方向走……恐怕这才是她退出的真正原因吧？"

"她已经打定主意扮演正常人，所以要了解舞台的更多情况，所以才和你即兴表演了一出'娇小姐与忠仆'的短剧。她问你这里有哪些人，就是想知道所有角色的情况；如果她不想暴露自己失明，就不能找人带领，必须自己回房间。她姐姐可能告诉她了房间号，但那对她没用，所以她要确定具体位置。问你朝向，其实是问在左手边还是右手边；问你离楼道口远近，是为了了解是从外面数第几个门。这类问题的答案简直是唯一的，只能像你当时那么回答。"

"而且警察来搜查时，又点了一次名，也加深了她对大家的印象。"我说。

"然后就是晚上，她不去睡觉，顺便打听了老板的作息时间，然后设了更早的闹钟。这没什么难的，虽然看不见，但她用自己的表已经很娴熟了。老板留她一个人在大厅时，因为大厅是她认为最重要的舞台，她一定要摸索得很仔细。

第七章

电视机开着有声音，她很容易追寻声源过去关掉电视机；而灯的开关在哪她就不知道了。最后她摸到架子前，想找到伞然后上楼，却没有摸到。警方第一次搜查时，齐老爷子撞过架子，把她的拐杖伞碰到了架子下。她只好拿田静的伞顶替了。上楼也简单，一天中很多人跑上跑下，她不难知道楼梯口的位置。到了二楼，也就发出了大家听到的'笃笃'声，她顺着右边的墙摸，先到了第一扇门前。这就是田静说的，搜查的那天晚上——刘湘到达第一天的晚上，有人推她的门。然后她摸到第二扇门，终于找到了自己的房间。次日早上，她被铃声惊醒，下楼去大厅，把田静的伞挂好，因为看不见，所以她不知道将伞挂在了哪件衣服的后面。这就是第二天的找伞事件的起因。因为衣服在上面，大家总觉得动的是衣服，可是从固定的挂钩上想一想，其实位置改变的是伞吧？"

"仔细一想……好像……还真是。她第一天成功了，以后就依此类推？她真的是非常敬业呀，她说过，演员要为了表演而控制调整自己的生理机能。这些天，她吃的东西少之又少，唉！另外，她在细节上的随机应变也很出色。比如与人第一次见面，会先出手，免得人家和她要握手时她不知道位置；而且她接东西一向是伸好手等着……不过，第二天，她提到她穿的衣服，如果她看不见，怎么知道那是紫色的？"

"你忘了衣服上的绣花了吗？她可以摸出来的。大概是出于爱美之心，她虽然自己看不见，但还是要知道自己穿的是什么。我相信她很多衣服上都绣有不同的花样，让她知道自己具体穿了哪件衣服。她故意让你注意她的着装，是在表演给你看，表示她可以分辨颜色。"

"那昨天晚上……"

"你们水房巧遇的事？她一听到是你，顺手就把支撑的伞靠墙放着，想等你离开后再走。谁知你拉她一起，而她的伞没有放好，倒在地上，于是房间内就响起'啪'的一声，黑伞在黑屋子里又不明显，所以你没看见。"

"哦……我基本上明白了。一旦确定她是个盲人，感觉马上可以去除好些疑点，剩下的疑点好像不多了。不过，也有问题呀。她为什么被杀？吕良案子发生时，她还在火车上，不可能知道什么；难道她在住旅馆期间发现了一些东西吗？这也很难想象。我看过专门的研究资料里说：人获取的信息中，有70%—80%来自眼睛。她都看不见了，还能怎么样呀？"

"正是因为她看不见，才拥有我们这些明眼人没有的优势：敏锐的听力。如果情况特殊，正常人不知道的事情，她倒可能知道。"

"我不懂。"

"在她的世界里，一切事物都是通过声音来定义的。你说过，她曾经对两个人有奇怪的反应。一是江先生，第一天他似乎都待在楼上，即使搜查时也没有下来。所以，我猜他第二天出现在大厅，并叫任莉莉过去时，是刘湘第一次听见他的声音。她不是对人家有什么莫名的敌意，而是她忽然听到一个陌生的声音，吓了一跳。"

"还有齐老太太呢？"

"表面上看刘湘是在瞪她，现在我们知道刘湘看不见，所以排除这种可能。她不是在'看'，那会不会是在'听'呢？你说当时大厅非常安静，她非常有可能听到什么。明确一下方位，齐老太太在她右边，她扭头面对着她，她的耳朵应该朝着后背的方向。那里有什么？"

"小书桌，江汨在上面写字，田静在他旁边看书。"

"她皱眉听完之后，有个不寻常的举动。她因为眼睛的问题，从不主动和人说话，而那天她却自愿地去夸奖江汨。后来刘湘打翻了东西。江汨一直以来对练字都持抵触态度，这个意外可以让他休息，他理应高兴才是。可是你说江汨的神色很愤怒？"

"就像妨碍了他得到什么乐趣似的。"

"他的乐趣好像很单一呀……是不是他正在进行的一场恶作剧被打断了呢？"

"回想起他的样子，很有可能。那他在搞什么呢？"

"不说他，说刘湘，一切以她听到的为准。当时她坐在沙发上，齐老头说'好孩子，写得不错'，她知道，身后的江汨在写字。而从老板和田静的对话中，她知道田静要了一听可乐。刘湘听到开罐的声音，和可乐与桌子接触发出的'笃'声，她知道饮料被放在桌子上。之后，她听到'吱吱'声，然后是'哧'……"

"这是什么动静？"

"她也不知道呀，就扭过头，皱眉仔细听着，然后又听到'吱吱'声。她的世界里只有声音，所以对各种不同的声音很敏感，于是结合她脑子里对场景的想象，领悟到那很像钢笔被转开的声音，而可乐等碳酸饮料，注入外来液体时会发出'哧'的一声。加上你和她说过，江汨很喜欢搞些小把戏来整人……"

"她一定得出了结论：江汨把钢笔中的墨水挤到了田静的可乐里？确实，当时我见到江汨在摆弄钢笔。"

"刘湘一定想修理修理这孩子，可是她能走过去把可乐泼掉吗？或者直接提醒田静别喝，理由是她耳朵太尖听到了江汨的恶作剧？这都和她的表演正常人的大计不符。所以，她转身去向江汨搭话，一边想办法。在这个过程中，她的手无意中碰到了桌布……"

"她是故意忽然起身把所有东西包括可乐都打翻在地的？"

"于是她成功阻止了恶作剧。问题是，那真的只是恶作剧吗？"

"为什么这么说？"

"因为次日早上，老板发现事件现场被打扫了，他以为是刘湘弄的。可是刘湘真能整理得纤尘不染？她看不见，有心也无力。既然不是她，又有谁肯半夜起来收拾垃圾，如果那真的只是垃圾的话？"

"不是垃圾，又是什么呢？"

"这又是我没有证据的猜想了。在一地狼藉以后，大家不欢而散。过了一会儿，老板上楼去关窗，刘湘一个人在大厅。这期间，她好像和某个店外的人碰过面，因为老板说她曾站在门口道别。如果她见的是她熟悉的某个人，那人一定知道她失明，会主动进来找她。她为什么非要自己到门口去呢？走路对她来说，是件颇为艰难的事情，能省则省，除非她不得不去。所以，我怀疑，和她见面的，真是个'人'吗？"

"你别这么说，我瘆得慌……"

杜公子失笑：

"不是呀。旅馆不是还有个人类以外的食客——那条狗吗？它第一次来时，你们在聊天，谁都不知道它在门外；而刘湘却对着门喊'谁'，一定是听到它在挠门。那天晚上，她听到相同的声音，摸过去开门。狗进来了，到处寻觅，却没有找到食物，可是它非常饥饿，会去舔食它以为能吃的东西，就是那一摊墨水与可乐的混合物。刘湘听见了，并没有阻止它。狗出去的时候，刘湘让它'慢走'，正好让老板看见。等老板往外看时，他想找的是人，即使他看见狗也会当成没看见吧？"

"就算是这样，又怎么了呢？"

"这条狗回到工地，就开始吐白沫。想想看它的主人们，平时那样对它，现在看到它病到快死了，会怎么样？"

我心里一冷：

"吃狗肉？！"

"所以才引发了工地上的集体食物中毒。"

"啊！"线索都扣在一起了，"难怪……我和刘湘说起这事，她好像知道内幕似的。而且听她的意思，她知道是谁杀了吕良，还说即使江汩很喜欢撒谎，但偶尔还是会说实话。可是江汩只说过田静是凶手呀，难道她一直到被杀都怀疑错了人？"

第八章

　　杜公子摇摇头，说道：

　　"这个必须要提到旅馆的整体气氛了。从你的言谈中，我隐约能感觉出来，好像不是很……温暖？"

　　"何止呀?! 那种感觉非常令人恶心。好像所有人都不甘寂寞，经常要跑到大厅去沾染人气，但谁都不想主动说话来增加人气。如果不是到了迫不得已的时候——比如说实在是抱歉需要说'对不起'时——大家绝不张嘴。如果有个大家都感兴趣的又和任何人都能谈论的话题，也许会热闹一阵，但就像一块石头投进死水里，涟漪过后依然一片寂静，大家也不会因为和某人聊过就增进了感情。方擎岳曾经说过一句非常经典的话，完全可以用来概括那里的情况：陌生人，永远是陌生人。"

　　"我听说，虽然大家一起住了这么久，刚才被询问的时候，江源指着方擎岳'他'来'他'去的，恐怕还是不知道他的名字；而齐老头更直接，当面问田静叫什么。除了互相

178

没有基本了解以外，还有其他沟通障碍吧。说真的，我和你在火车上聊天，死活想不出该叫你什么。你比我大，我也不好直接叫你名字，就一直'你呀你呀的'"

我没告诉杜公子：我也因为此事困惑了很久。

"想来旅馆的情况也一样吧。虽然每个人都有大名，可是我们会好久都听不见人叫这个称呼。除非是正规场合，否则叫一个人的全名会非常奇怪，显得太过生疏严肃。比较熟悉的人之间会叫昵称，这也是为什么同学间互相会取外号；而不算太熟的人之间，就根本不叫全名，用'你我他'这种代词便可以混过去。你在旅馆里这么多天，没有真的听到谁叫谁的全名吧？"

"本来大家就不太想过多和人接触，因此大家可能共处很多天连彼此的名字都不知道；大家互相之间偶尔谈话也不会互称姓名，更没有熟到议论第三者的地步。就算说起，比如你和刘湘，都专门谈到名字的话题了，但都没有实际叫出这些名字。"

"总不能像点名那样一个个叫吧？那样感觉不太好，好像很……市侩。大概刘湘也是这么想的吧。"

"是啊。在这样的环境下，如果她产生什么认知上的错误，也许根本没机会得到纠正。"

"什么意思？"

"在你们讨论名字的时候，也许是她聊得太高兴了吧，脱口而出叫了'擎岳'，这是为什么？"

"我当时觉得她是故意这么念。她说方擎岳这名字女性化，所以省掉了姓的称呼让我听得更明白。"

"我觉得不是。类比一下，刘湘能叫你妹妹'琳琳'，而我要叫她'许琳'，为什么？"

"因为……刘湘和我妹妹当了很久的同学，你才认识她没几天……你是说，刘湘和方擎岳以前早就认识？"

杜公子往后一仰，头撞在墙上，我都听见了"咚"的一声。他揉着后脑说：

"我的意思是，刘湘和你妹妹都是女的，而我是男的。同性之间互相叫得多亲热都没有关系，何况刘湘当时只是和你说，又没有外人听见。我想说的是，其实，她认为方擎岳是女人。"

"这不可能呀！"

"名字只是一个代号。在我们眼里，它对应着一张张脸，而在刘湘心中，名字则对应着一个个不同的声音。除了你以外，她听到了一个老头的声音，一个老太太的声音，嗓子粗嘎的中年人，声调尖厉的妇女，童音，温雅的女声，年轻的男声。她知道都有哪些人，只是把名字安错了位置。她以为那个年轻女孩叫方擎岳，而中医叫田静。这就是为什么她心里清楚地知道凶手是个懂中药的人，却写下了田静的名字，她不是留错言，根本是认错了人。事实上，我说刘湘看不见，虽然有很多小细节证实了我的观点，但单拎其中的一条线索是不太能想到她失明的。就是因为我认为刘湘认错了人必须要有个合理的解释，才会往失明上想。"

"如果刘湘认错了人，在我与她讨论众人的名字时，我应该能听出不对呀。"

"按照她的说法，你觉得'田静'这名字不错，'方擎岳'——'晴月'很女性化。可是在刘湘心目中，一个女孩叫'方晴月'，当然很有气质；男的叫'田敬'，'敬'在读音上和'静'一样，所以显得很女性化。她还会联想'田敬——景天——景天三七'，一个中医的名字能和中药挂钩，当然很合适。你后来说方擎岳心有所属，她以为是那女孩对中医也有好感。"

"可是……可是……怎么会发生这种事？"

"所以要说，她的第一印象是从哪里来的。当时她让你介绍旅馆里的人，你说'田静，我要去打招呼'，在她心里，当然认为下一个出现的声音就是'田静'。而你走了两步，遇到了方擎岳，你们说起话来。而她看不见你是中途遇到他，以为他就是你要招呼的田静。然后你向刘湘介绍时，并没有提到他的名字。而且之前你为了看登记簿，曾大声说

'田静我认识'，你又和刘湘说在火车站曾见过这位中医，她就更肯定这个人必定是'田静'无疑。你和她说过旅店内剩下的人都叫什么，搜查时警方又把所有人的名字点过一遍，她利用排除法，认为剩下一个叫'方擎岳'的，一定是那个女孩。"

"这……太愚蠢了！就因为我，她才被杀，还留下了错误的遗言?"

"不管她有没有误认，如果她知道了凶手的秘密，都会被杀。而她认错了人，反而有好处，应该感谢你呢。"

"怎么说?"

"被杀害时，她一直在挣扎，虽然没有机会大声叫，但她认出了凶手的声音，可能用力说过：'田静，是你！'凶手当时一定很惊讶，他不知道这种错误是怎么造成的，但当他看到留言时，灵机一动，他知道她留言指示的一定是田静，所以放着它，并刻意保持旅馆的密室状态，把嫌疑人的范围圈定在几个人内，以陷害田静。如果刘湘没有认错，留言会直指擎岳，那么留言早就被破坏掉了，我们根本没机会看到这条讯息，更别说推理到现在了。"

"如果凶手是他，那么……"

"那么我们应该从他的角度串一下整个案子。光是站在旁观者的立场分析，恐怕不太清楚。"

"先说大厅里下毒的事吧。我也看不出蓄意下毒的痕迹。从头至尾参与这次事件的就是田静、江汨、刘湘三个人，没他什么事儿呀。他是怎么指使……？等等，他为什么要害田静呢？"

"不是，灭口。咱们乘的那趟火车到站时，重要的证人死了……"我急着插嘴，"你说是凶手谋杀吕良时，被田静看见了？可是，当天警察讯问过所有人，她并没有说什么呀。"

"她确实没看见凶案现场，但是，凶手以为她看见了。"

"这……这是怎么回事？"

"是这样。回想一下田静的证词，她在凶案发生前，正好看到那盲人乞丐要打一个孩子。当时情况十分危急，她大叫起来。而几乎是立刻的，她身后也有人叫了起来。两个叫声挨得这么近，发出第二个叫声的原因是铁轨旁边的人看见吕良跌下去了，说明那时凶手刚刚得手；那么，前一刻田静发出第一个叫声时，凶手在干什么？"

"正在下手？"我眼睛瞪直了。

"是。凶手正把手伸向吕良时，忽然听到田静的叫声，非常尖锐刺耳。他当时精神正紧张，一定吓了一跳，心里一颤，胳膊大概也哆嗦了一下。虽然没有影响结果，但是他很害怕，收回手后立刻往发声的方向看。这时，他身边的其他人目睹惨剧，跟着叫起来。田静听见，正往他这边看。他们打了个照面，对他而言，这又是一个大惊吓。"

"你不是说田静没看见……"

"那时的情况就像……"杜公子嘴角微微勾起，抬起手挡住一只眼睛，闭起露在外面的另一只，"就像这样。"

"什么？"

"我可以透过指缝，看到完整的你；你却只能看见我半边的脸。我的手相当于一块有缝隙的隔板，因为光是直线传播的。"他一笑，好像在为不得不用到物理学表示歉意，"所以，离隔板近的一方，视野几乎不受影响；而远的那个，想要看到隔板对面的东西，可就难了。"

他放下手：

"每次看见火车来，接站的人都会拥向铁轨。正因为这样，把人推下去这种方法才'安全'，不容易被目击。采用这种手法的凶手，也通常是谨慎而多疑的。他的这种个性非常重要，几乎主导了案件后面的发展。"

杜公子停下来看着我，似乎在等待回答。我应了句"我会时刻记住的"，他才点头接着说：

"案发时，凶手四周应该聚拢了一圈人。通过那些人的缝隙，他清楚地瞧见了站得较远的田静。而田静看到的，却只是紧凑的一堆人而已。"

"是这样……"

"方擎岳看着田静的眼睛，自以为他们是在对视，他认为田静是一直在盯着他的。田静叫的那声'不要'，他不觉得是巧合，反而会认为她一定是看见了他推吕良，所以才叫的。做贼心虚是凶手们的通病。从心理上讲，方擎岳肯定不敢一直看着田静，他会隐没在人群中，离开案发地点，然后再想对策。等他决定一不做二不休时，再找田静，田静已经不见人影。然后就碰到了咱们……"

"就是那时？"

"对。他说他在找田静，倒没有撒谎，但他不是因为关心她，而是想杀了她。他和你说的，'一开始看见一眼，然后就找不到了'，是事实，只是他把行凶过程省略掉了。其实，如果目击者是别的人，可能没什么关系，因为办案人员不一定会和他接触。可死者住的旅店一定会被调查，同住的人包括田静当然都要被叫去问话。要是方擎岳不想让她说出点什么来，就必须赶在那之前，把她……"

"我说呢，他急着去杀人，居然还有心情帮你诊断？这么一想我就明白了。大概因为我当时心情不好，有点不依不饶。他怕真吵起来，耽误他的大计，所以要尽快把咱们打发走。我说得对吧？"

"应该对。我们往医院来时，他留在那里继续找田静。过了一段时间，依然没有结果，他应该推测田静可能已经回旅馆了。他也决定赶回去，改用毒杀的方式谋杀田静。大家在旅店内可以一起吃饭，要下毒非常容易，所以中途先去准备必需的毒药。这就是为什么，你送我来这里，再折回去，耽搁这么久，还是比他先到。"

"因为他利用这段时间做了太多事了。难怪他一进门就盯着田静，他这是在寻找机会呀。"

"通过观察，他发现田静的态度毫无异常，不像是看到了什么可怕的事情。回忆一遍当时的情景，他或许明白了些，但他不敢确定。警察也来得太快，在午饭之前就到了。田静还没吃东西，他也逮不到可乘之机。再说，还有另一个不利条件，那就是你。"

"我？"

"他不会料到你正好在那个旅馆投宿。如果没有你，他就可以一口咬定，他在案发时根本不在火车站。即使田静真说她看到了什么，他也可以坚持说是她看错了。"

"他在旅馆见到我，还表现出一副惊讶的样子！他在火车站不愿意和我吵，除了时间上的顾虑外，是不是也怕造成影响？如果我俩的争吵真把工作人员招来干涉，证明他当时在场的人可就太多了。"

"嗯。那时，警察已经来了，他要杀田静也来不及了。如果她说出什么，加上有你在，他也是无从辩驳，很可能就这么完了；如果她不说，他就有可能渡过这个难关。可她不说表示她什么都没看见，也就没有杀她的必要。他脑子里想着这些，思路非常混乱，也非常矛盾。生死在此一举，一种赌徒的最后一搏的心理油然而生。他要机灵一点，也许能侥幸逃过这一次。但只要他还有机会，保险起见，就一定不能让她活着。不过，谋杀田静的方法一定要隐蔽，要神不知鬼不觉，怎么都查不到他身上，或者无论如何也找不到证据。"

杜公子说得有点快，咳了两声：

"他想到了田静每天要看着江汩练字，而且田静在那个时候偏偏有喝一听可乐的习惯——从老板之前说的'又要可乐呀'就可以听出来——于是，一个计划形成了。"

"噢？"

"还记得搜查时，他管江家借墨水吗？他那时吸水，吸了几下呢？"

"好像……好像是两下。"

"墨水瓶颜色比较深，不可能看清钢笔尖在里面是什么状态，笔尖在液面以上还是以下。如果钢笔悬空，挤压笔囊就是在注入液体，以前钢笔内的液体就和墨水混合了。"

"你是说，他事先在自己的笔里灌上毒，第一下先把钢笔内的毒药挤到墨水瓶里？第二下才是用钢笔吸墨水？"

"然后他又在纸上写字，做出试笔的样子，掩人耳目嘛。

187

人们只会觉得瓶子里少了点液体，而想不到其实墨水瓶里多加了些东西。到这里，下一次谋杀的前期准备工作就算做完了。"

"我想想，在那之后……是警察的调查，田静说出了她的经历。他已经知道她构不成威胁，完全可以停手的，为什么还……?"

"他要杀她，从性质上说，是灭口。但从感情上讲，却应该算仇杀。"

"什么意思?"

"你以为听了田静的证词，他就安心了吗? 接受讯问时，所有人都在旁边，他会想：她不说，是因为当着我的面她不敢说，难道她背地里就不会去找警察翻供吗? 或者是时间太紧，她没反应过来，也许过两天她就会觉得，当时人群里怎么有个人那么像他? 但如果说她真的知道什么，也不一定。她的说辞很现实也很完美，不由得他不信。可是火车站的经历在方擎岳的心里又太根深蒂固，他就反复琢磨：难道她是真的没有看到我吗? 她到底看到我没有呢? 这种疑惑，已经成为他心里一个打不开的死结。每次看到田静，他都会在这个问题上纠缠。明知道想不出结果，他却还要拼命去想，在脑子里一次次回顾那时的情形，当然也包括那让人心有余悸的叫声，以及刚杀完人后，回头从人缝中看到的那双眼睛。

方擎岳认为自己不能摆脱这些回忆都是田静造成的，田静已经成为他生存的障碍，他不能忍受继续看到她。"

"我明白了，可以体会这种心情。"

"本来，他可能想当天解决的。但那时由于凶案的影响，旅店内的日常秩序被打乱了，江汩并没有照常练字，方擎岳也就没事可做，很早回到二楼洗漱，也就碰到了你。第二天，江汩的课业恢复。和凶手平时观察的一样，江汩在练字前还是一如既往地磨蹭且磨蹭，而写字前从瓶子里吸墨水，可以最光明正大地拖时间，可以让江汩晚动笔两分钟的事，他怎么可能不做？所以此时江汩的笔里一定有毒了。然后，田静要了可乐，方擎岳紧跟着要了矿泉水，然后发表了自己不喜欢可乐的言论。最关键的就是那句话，'可乐和墨汁一个颜色'。这话听在江汩耳朵里，会有什么效果？他用的是碳素墨水，黑颜色，和墨汁一样，也就和可乐一样。他是那么一个喜爱恶作剧的孩子，当时正在枯燥地写字，穷极无聊，精神不集中，一定注意听着周围的动静，在找点什么新鲜事。再加上江汩一直和田静有些小别扭，甚至为此不遗余力地说她杀人。如果有整田静的机会，江汩决不会放过。所以，一切都在按凶手的计划进行。"

"通过往墨水里下毒，再暗示别人把毒转移到饮料里？这……太不保险了吧？"

"可他成功了，不是吗？"他苦笑，"在结果上，确实不能保证一定能得逞；但说到安全，已经可靠到极点了。即使失败，江汩被人抓个现行，也不过是打断了一场恶作剧，没人会想到有什么内幕。如果没有刘湘的阻止，方擎岳彻底得手，田静死了，调查会怎么样呢？警方会查出可乐里有毒，没关系，方擎岳没有接触过那易拉罐。再检验出有墨水的成分，江汩承认了自己的恶作剧。这种说法可能不会被采信，江汩因为年龄，倒不会被怀疑，但别人有很大可能会认为是他父母的授意。继而确认墨水瓶里有毒，但那孩子一向是在公众的地方练字，墨水瓶就在旁边，谁都有下手的机会。只要他把自己那支内胆有毒的钢笔处理掉，就万无一失了。"

"那天他问我'膏肓'怎么写时，手里拿的就是圆珠笔，想必已经毁灭证据了。"

"其实，就算怀疑到方擎岳身上又能怎么样？就算证明所有事确实都是方擎岳安排的又能怎么样？他只是把毒加在墨水里，而不是饮料里。真正下毒的是江汩，但毕竟是自发行为，他并没有明确教唆江汩，就算闹上法庭，可能也定不了罪。"

"真是太小心了。"

"还不止这些呢。搜查时，他故意把钢笔放在危险的地方让人碰掉，给他借墨水的理由；暗示可乐的颜色时，他还捎带比较中药和可乐的味道，听起来也就不觉得突兀。就连叫你去问字的写法也是有用意的。哪怕他真的有字要请教，他为什么会叫你而不叫别人？"

"我是做文字类工作的嘛，他当然觉得在这方面我比其他人懂行……"

"问题是，他知道你是写手吗？你没告诉过他吧？再说，那时是谋杀的紧要关头，他会分心去钻研文字？他找这个借口，把你叫过去，是因为你站错了地方。你站在田静旁边，正看着江汩写字。江汩要恶作剧，总要偷着来吧？方擎岳当然要把你调开，方便江汩下手。"

"我也真够傻的，一直上他的当。他老看着田静，那天尤其是，眼神还似乎很温柔，算他会装！我还真以为他真喜欢田静呢，原来他是在关注谋杀进度呀！他说可乐不好的时候，我就应该看出来了。方擎岳要真对田静有好感，人家就喜欢可乐，他还不顺着说？在这种无关紧要的地方逆着来？哼！"我咬牙切齿，"我是怎么想的呀？这么没人性的东西，也会有感情？！"

杜公子大概被我激烈的反应吓着了，愣了一会儿，点头道：

"他可能是没感情。感情应该占据的那部分智慧和精力，都用在别的地方了。他很注意生活中的细节，了解每个人的性格并加以利用，因此总能找出最好的谋杀方法。你也说过，用推下铁轨的方式杀死吕良，巧妙得像量体裁衣。而这次下毒，最初的灵感大概来自江汨把盐撒在他的汤里。他擅长根据每个人各自的特点，把所有人安排在最适合的位置。如果说刘湘是个好演员，那方擎岳还真是个好导演。"

"刘湘……"我捂住额头，"还没说她呢。"

"她阻止了那场所谓的'恶作剧'，而凶手当时就在旁边……"

"好了好了，你别说了。我明白！"我睁大眼睛，露出笑的表情，但没有在笑，"又是见鬼的'做贼心虚'，是吧？谁叫他'谨慎多疑'呢！刘湘平时不怎么和人接触，那时居然主动破坏方擎岳的行动，不用说，方擎岳肯定觉得刘湘是有目的的！他不会觉得刘湘是在制止小孩子胡闹，只以为她看破了他的阴谋，才会用打翻东西的极端方式救田静一命。如果留着她，她也许还会和田静多嘴。田静一琢磨，再把火车站的老账翻出点儿来。好，世界上又多了一个他不能继续看到的人！坏事做多了，果然会没有容身之处！"

"是这样。"杜公子再点头，"他那时已经动了杀心。他虽然有些冲动，但还是很谨慎，半夜起来把打碎的东西收拾掉了。"

"可是，刘湘其实根本不知道自己做了什么，真是冤……"

"她只是当时不知道。等她第二天听说了'食物中毒',又回想起前一天晚上那条狗,好像听到过它舔食地上的液体,再结合狗的主人对它的虐待,她应该能想到是可乐出了问题。她不觉得江汩一个孩子能想到杀人,就会仔细回忆下毒前发生过什么。她看不见,所以对语言更敏感。她体会出方擎岳话中的暗示意味——当然,她以为他叫'田静'——,于是刘湘领悟到了真相。"

"她知道了?"

"只是这部分,不全知道。估计她听信了大家的讨论,认为火车站的事只是个意外,没有把这件事与那件事联系起来。"

"等等,没联系吗?她知道下毒是火车站事件的后续,也好像知道谁是杀吕良的凶手……"

"真的吗?她就清楚明白地和你说过?你确定不是在按照自己既定的想法来理解她的话?"

"这……"语言这东西会造成多少误会,在这个案子里,我已经领教了!

"我推测她头脑中并没有将两个案件并在一起,这就要命了。"

杜公子叹了口气。

第八章

"怎么？"

"如果刘湘知道在火车站行凶的也是他，那他身上就背负一条人命了；但她把下毒孤立起来，那他就只是个有杀人企图的未遂者……"

"她认为方擎岳只想杀田静？可是，杀人总要有理由呀。她……啊?！她不会是信了我的话，认为他们有感情上的纠葛……"

杜公子连忙摇头：

"就算你没告诉过她，通过她自己的猜测，可能也是这个结论。重点不是下毒的动机，而是刘湘猜到的，他要害她这个事实。"

看我不解，杜公子补充道：

"再说，不管她明不明白，明白到什么程度，凶手都不会放过她的。"

"也是。"

他长出一口气：

"那我就接着刚才的话说了。一个已经犯罪的凶手，是穷凶极恶的，正常人是必须躲他远点的。但一个尚未沾上血腥，只是有这个意向的人，却是可以通过苦口婆心来劝他改邪归正的……"

"不……不会吧？刘湘以为他还没实际杀过人，所以想……她没有这么傻吧？"

杜公子歪着头，不苟同地看着我：

"不是傻，是善良！你和她一起待过那么长时间，应该比我了解她。"

我嗓子一哽，压下那一丝怀疑，"嗯"出声来。

"从结果看，也是这样。她使田静免于被杀，却因此死于非命，等于用自己一条命换了人家一条命。"

"我都知道。你不用夸她了，接着说，然后怎么了。"

"她想让方擎岳打消这个念头，想和他谈谈下毒的事。可是，旅店是个人来人往的地方。刘湘认为方擎岳只是一时糊涂，应该给他改过自新的机会，所以不宜张扬，说话时最好只有他们两个人。眼睛的条件制约着刘湘，刘湘找到他，再想寻觅个隐蔽的地方说话，几乎不可能。最方便的就是找个不会有人的时间段……"

"她主动和人约会？还是和一个男的……大半夜的……？"

杜公子哀伤地一笑：

"一个正常的女孩子，确实会有时间上的顾虑。但对她而言，什么时候不是'大半夜'呢？"

"这……"也对呀。

"正因为对方是男的，才没约在房间里。而除了房间，大厅是她最熟悉的地方了。在她被害的前一天，曾经有些人和她接触过，其中就有方擎岳，约会也许就是那时定下的。"

"还是向刘湘请教字怎么写，他的把戏还真单一。这次
也是有企图的吧？"

"他接近她，想试探她到底知道多少。结果她和他说，
'晚上一点来大厅一趟，我想和你说昨天的事'。一个心里没
鬼的人，肯定觉得半夜见面匪夷所思。但对他来说，这反而
是天赐良机。即使他开始不确定她是否会危害到他的安全，
现在也必须……刘湘算是百分之百地自己撞在枪口上了。从
现场看，他准备得相当充分，带着刀去赴会，穿上遗留在大
厅的衣服阻挡血迹喷溅。我想他提前约定时间大约一小时，
便坐在沙发上等她，假装看着电视，其实是用它为即将发生
的凶案照明。零点三十分的时候，刘湘手表的闹钟铃响
了……"

"嗯，行了。不用再说一遍行凶过程，你不久前说过了。"
"好。那么，我想想，该说的应该都说了，没什么遗漏吧？"
杜公子温和地看着我，等着我发问。
"我也觉得应该没有了。"
他的脸色更柔和下来：
"那就好。至于证据，火车站谋杀相关的应该是没希望
了；下毒嘛，我建议你去检验一下江汩的字帖。那天写的
字，和后来溅上的墨水，如果有毒，就说明我猜对了。而以

上所有结论，都建立在'刘湘看不见'的基础上。在你来之前，我已经打电话回北京，让张叔去医院帮我查刘湘的病历。"

"不会再不对了吧？我是想不出其他解释了。"

"如果说了这么多，一点都不对，那可……"杜公子扯下嘴角，做了个不堪忍受的表情。

"怎么可能？不过，话说回来，即使你的推理对了也蛮让人不舒服的。凶手虽然狡猾，但还算可以想象；刘湘也给咱们出这种难题，就真是添乱了。一个案子里，最大的镜面居然是死者设下的……"

"你说什么？镜面？"他看来很惊异。

"所谓'镜面反射原理'，镜子内外两个世界，此亦一逻辑，彼亦一逻辑，两种逻辑均正确合理，可惜只有一个是真的。这不是你说的吗？"

杜公子向前一倾身，栽在自己膝上：

"我可没这么说过。"

"用现代一点的方式说，就是我们看到的、想到的，都是人家刻意让我们知道的表象；而本质则不一定藏在那里。虽然有些蛛丝马迹露出来，但事件经过粉饰成了另一种含义，和表面融为一体了。格外适用于这个案子，不是吗？刘湘站在镜子前，照出来的影像没有丝毫异常。她的眼睛和过去一模一样，外表上根本看不出来。"

"我知道。"他有些懒洋洋地趴在膝盖上，扭头看我，又重复了一遍，"真的……"

"你……怎么……？"

"没事。"他恢复了平时的笑容，但略带些疲惫，"只是忽然觉得，我好像做了很多多余的事。比如列举那么多细节来证明她眼睛不好，其实只要等病历记录上的证明不就行了。最重头的地方都能轻易证实，往后真是没什么了。"

"是吗？"我可不觉得。就算例行调查可以查出她的残疾，我就会往"认错人"的方向想？再推理出后面这一系列？反正我是不行。现在再想自己以前的怀疑，还真是滑稽。

我也笑起来：

"你知道吗？我还怀疑过田静呢……"

"是吗？"

"我觉得她一开始去火车站接人，结果谁都没接来，非常可疑；后来发现她有手机，就更怀疑了：既然有手机，干吗非得用旅馆的电话？好像是故意公开她必须去火车站的原因……"

杜公子失笑：

"这没什么的。很多人只喜欢发短信，不喜欢打电话。女生尤其这样。她们觉得太贵，浪费钱。"

"哦，我知道，我见过这样的女生。其实要我说，一天发几百条短信，肯定比打电话贵得多。她们就是算不过账来。"

"丁零……"铃声打断了我们的闲扯。我和他对视一眼，再一起看向病房门口。曾经给杜公子输过液的小护士不负众望地走了进来：

"你的电话。怎么样？能去接吗？"

"我去！"

我飞快地跳起来，跟在她身后往隔壁走。她走路慢得有水准，我真恨不得超到她前面去。

"喂！"我终于如愿拿起了电话。

"杜公子！"张臣显然没能从一声"喂"里听出我的身份，"我查到她车祸那次就医的病历了。上面写着……哎呀，这些字！现在的大夫都是练草书的？写着……好像……是什么'轻微脑震荡，颅内淤血，压迫视神经'……"

第九章

　　匆忙地道别杜公子，往医院外面走。和我一起来的警察迅速跟上我，好像是在变相地提醒我还有一场讯问等着我呢。

　　回去的路上，我的心情说不上"坏"，但绝不能称为"好"，正想找个人给他点难堪。何警官这个人我一向看不顺眼，迁怒于他我真是一点思想斗争都没有。

　　到了旅馆，刚要接受讯问，我就倨傲地提出"本人对这个案子有一些自己的想法"，申请说给他们听。旁边的警察暴跳起来，似乎要让我"老实点"。何警官冲他一摆手，倒乐于听我说。

　　我努力地回忆，尽量按照杜公子和我说明的那种顺序阐述，省得一改变顺序弄出纰漏。在适当的地方，再插进"镜面反射原理"。如果单纯的推理还不足以震慑他们，那么加入理论性的东西，无疑会让我的结论更加掷地有声。

　　他们一开始不以为然，但后来就全神贯注地盯着我看。

从小到大，我第一次被人这样关注，我的右手居然紧张地颤抖起来。我使劲捏捏拳头，依然不能制止。为了掩饰，我索性把它藏在外衣兜里，一把攥住--直随身携带的介绍信，果然更有镇定作用。

终于吐出最后一个字，我的手指捻着那封信，蓄势待发。我的心里想着求你了，快说"不信"！再讽刺我两句！我才好拎出信来表明我的身份。我已经迫不及待地想看到何警官尴尬的表情了。

他注视着我，出人意料地，忽然笑起来，手撑着桌子起立：

"你是从北京来协助调查的？石局长有没有给你什么文件类的东西？有的话，就拿出来吧。"

我瞬间呆住，化主动为被动地交出信。

这……这……这是怎么回事？

终于盼到了杜公子出院的日子。我早订好了火车票，就在今天下午。虽然赶了点，但不是出于绝对必要，我是不想继续待在这个城市了。

明明是急不可待的，我却停住脚步，不愿意进门去。什么原因？我自己也不知道，只是怔怔地望着医院的大门。

一阵风吹过来，旁边的树"沙啦啦"地响。我心里一紧，重重地咳嗽一声，踩上台阶往里面走。

身边有人死了，就一定要非常难过吗？一开始也未必，顶多是茫然。因为"死亡"不过是两个字，不会带起任何情绪。直到你把它的意义扩展成"再也见不到她，听不见她说话，看不见她笑"，你才可能会有点感觉。

但是，不是每朵乌云都会下雨的。同样，也不是每种哀伤都可以让人哭出来的。

真的可以爆发的情感，过后就能当个里程碑，毫不留恋地跨过去，再回首也许还是段宝贵的经验。对，就像下雨，过了那一阵，自然会天晴。

而爆发不出的情感，更像是风。它在身边盘旋不去，却永远不会引人注意。但你偶尔会毫无理由地抑郁。也许在很多年以后，某次触景伤情时，才恍然找到困扰人许久的心情的来处。

我保持着自嘲的笑容，来到杜公子病房紧闭的门前，正要进去，忽然听到里面有说话声：

"你就是'他'吗？"

谁？声音很难听，又很熟悉……何警官？！

"我是……谁？"不解地反问。

"他们怎么称呼你？"何警官停顿了一会儿，大概在看病床上的牌子，"杜落寒？！这名字真奇怪，不过，我也算听说

盲
人
与
狗

202

过了。"

"什么？"

"你不知道？你的名字和基本情况可算是机密呢。我曾经在石局长手底下混了一年多，才只知道你的姓。"

虽然我看不见里面具体是什么情形，但是……这人怎么一副没好气的腔调呀？

"你以前在北京工作？对不起，我……"

听声音就知道，杜公子又在赔笑了。

"你当然没听说过'何鸣'这个人。这人只不过是一个刚毕业就被分到局里的大学生，就算他学的专业是刑侦吧，也还没到能和你直接接触的资历。再加上待的时间短……"他"哼"出一声，"即使能继续留在那里，我也不屑。"

何警官又停顿了一会儿，可能在等待对方答话。但很久没有声音，他就接着说：

"因为环境不好，局里胳膊肘往外拐成习惯了。局里坐着一堆人，他不用，反而信任在外面不三不四开保安公司的小子。我就不觉得姓唐的那家伙有什么了不起，可是局长……"

他说的难道是"先贤保安公司"的唐尧？如雷贯耳呀。

"让你找个机会和他练习，是吗？项目是枪法和拳脚？"杜公子失笑出声，"这事儿我听说过。那是一场不公平的比试，你不必介意。"

不公平？什么意思？

"你不用说这种话。我是当事人，是不是公平，我比你更清楚。结果我不在乎，虽然搏击是我接受训练时的强项，但是我学得最好的课目还是调查和侦破。问题是，关于一个案子，但凡我说出点什么，他们从不立刻听，总要耗着，一段时间以后再照办。开始我以为是人拖沓的本性作祟，后来才知道，他们是在等一份外来的结论。局里的行动一向以它为准，即使和我先前说的完全一样，被相信的也不是我。于是，后来我就盼着有一天，我的想法和那结论出现差异。终于让我等到了一次，然后我就被调到这儿来了。"

局里的情况，我也多少了解一点。所谓"外来的结论"，应该是来自杜公子吧？原来是标准的学院派和实践派之争。至于"差异"，推理有出入是常有的事，问题是谁比较正确呢？其实……是不是……他某次和杜公子意见相左，最终证明是他错了。因为工作失利，他才被贬到这里的吧？惩罚也许重了点，但我打赌石局长不喜欢他。如果这种脾气的人是我的下属，我也要给他点颜色看看。

"我一直特别好奇，那个幕后的人到底是何方神圣。关于'他'的评价很多，众多评价里唯一的共同点就是没有贬义词，好像他是个既温和又聪明，有理智有感情的人，总之

盲人与狗

没缺点。我不相信世界上会有这种人。"

沉默了一会儿，杜公子说：

"我也不相信。"

"相反，我倒觉得'他'很阴险。这个人时刻装出一副善良的样子，偷偷摸摸地培植自己的势力。表面上，此人顶着个很俗的代号，经常在做无偿劳动，实际上却可以通过正当途径，暗中调度全市甚至更大范围的警力；局长对'他'信任有加，张臣崇拜'他'到五体投地，就连一向不好驯化的'先贤侦探社'也唯'他'马首是瞻……"

这人在说什么呢？不光我觉得荒谬，杜公子也笑了起来：

"以前倒不知道，这个人是如此善于弄权……"

喂！杜公子你也精神分裂了？明明是说你自己，还"这个人那个人"的？

"我这次把那封信转到北京去请求支援，就想着，八成来的就是'他'。'他'难得从张臣的母鸡翅膀底下钻出来，我可得见识见识。谁知到了那个旅馆一问，只有两个从北京来的人，不算那个女孩，那个男的自称姓'许'。我当时还琢磨：那人不是应该姓'杜'的吗？"

"你想看看面对这案子，我要怎么做。所以，你故意提供线索给许飞，让他听到所有应该听到的。"

"噢？你是这么想的？"

"讯问证人时，会把嫌疑人凑在一起问吗？我记得规矩不是这样的……警方在现场勘查的结果，嫌疑人也不应该知道。"

"我就是希望他都知道。前两天许飞跑到我面前，说他的'想法'。一开始，我还猜测他是我调走后才去上班的新同行呢。我很惊讶，我这才离开几天呀，就又出来这么一个天才？北京盛产这种天才？等他说出'镜面反射原理'这六字招牌，我就知道，错不了，肯定是你来了。"

"不，你不会有这种想法。其实，你早就知道我在这个城市吧？不然也不会中断调查，让许飞出来找我。是张臣告诉你的吧？他担心我们，一定会电话联系你。"

何警官咳嗽一声：

"是，我放许飞来问你，因为想听听你怎么说……我好奇心重。"

"希望没有重过两条人命。"杜公子话中的笑音有些收敛。

"你说什么?!"

"这个案子从头到尾，你自己都极少插手，只是帮许飞提供破案的一切便利条件，好像在等我做出个结论。相反，你在我身上，倒是花了不少心思。所以，我怀疑，你当初把信转到北京去，也是把我引出来的一种手段。"

"你的意思是，如果我收到信就及时处理，这次的案子就根本不会发生。但由于我对你过分仰慕，不择手段也要一睹尊容，就找借口搞些小动作，在信件流转的途中，耽误了时间，以至于耗死了两条人命？"

可以想象，何警官不肯接受指责，但这是人命呀……我不相信杜公子会冤枉他。他怎么也该负些责任吧？

"我愿意相信你不是故意的。即使是，你应该也没有想到会有这种后果。因为，我不觉得你明知道自己做的事将有付出人命这么昂贵的代价，却还要坚持去做。不过，案子真的耽误不得，拖延一秒钟都危险……"

"看样子，你是要和我讨论职业道德呀。我还没说你呢，你根本不配做个侦探！"

"侦探的灵魂就是推理，可你呢？你把推理当成什么了？你跟许飞说的那些，能算推理？旁征博引呀，循循善诱呀，整个就一个辅导班……"

"推理不过是通过条件推导出结论的过程，没有必要故意弄得很高深，当然要用别人听得懂的方式说出来。"

杜公子语调平和，更凸现出何鸣的尖锐。对着一个根本就吵不起架来的人大呼小叫，有意义吗？

"为了这个，你就可以牺牲推理的完整性和条理性，前言不搭后语。这也就算了，我不能容忍的是，你的推理连最基本的正确性都没有。"

怎么？他是说杜公子的推理不正确？……我没觉得呀。

"真是漏洞百出呀。骗骗许飞那样的门外汉，也许绰绰有余。但我只听一遍，就能立刻说出几个纰漏。比如，你的性格分析就十分蹩脚。方擎岳'谨慎多疑'？你是这么说的吧？别开玩笑了。即使我只在讯问的那点时间里接触过他，也知道他不是那种人。还说他'思路混乱'？我看是你思路混乱。还有那个刘湘，她不是个出色的演员吗？演什么像什么的人，如此具有欺骗性，会善良得那么傻？我不信。可是，你把'她去劝导凶手'作为'她在大厅里被杀'的前提。如果否定了'被害人在半夜和凶手有个约会'，那么这个案子是怎么发生的？最明显的一个不合理的地方，留言用的电话簿是许飞的，怎么会在刘湘手里？是她捡的还是偷的？她看得见吗就捡就偷？除非这些疑点能得到解释，否则你的推理就是不完整的。"

沉默许久后，杜公子轻声说：

"你真的想听吗？"

"当然！有什么不能听的？"

"那好。"他叹了口气，"你听到的说法，确实不完整。我说，凶手对刘湘的秘密一知半解，在他行凶的时候，听到她叫错了名字，才顺水推舟进行嫁祸。其实不是这样的。凶手知道的，比任何人都早，也比任何人都多。"

"以前分析时，一直落了一段。毒杀失败的那天夜里，方擎岳和江源都听到了'笃笃'声，他们跑出楼道看到了对方，但没有看到其他人。他没说实话，他在撒谎。"

"你是说，方擎岳？"

"是。他那时要去收拾楼下有毒的一系列垃圾，走在楼道里，忽然听到'笃笃'声。他于是看见了——刘湘走路的样子。他明白了，她看不见。他一时愣住，想不透她为什么要装作正常。当然，刘湘并不知道他在旁边，像往常一样进了房间。这时，江源冲出来，和方擎岳照了个面。"

"所以，他知道她是瞎子了？"

"还想明白了她是因为听觉敏锐，才破坏了他的毒杀计划。"

"既然她不会构成威胁，他就没有杀她的理由了。"

"只是暂时没有。"

"后来……对，后来刘湘听说'食物中毒'，怀疑到他了。"

"我知道刘湘很聪明，一定知道了他要杀田静，甚至联想到吕良的案子，猜出了方擎岳的动机。但凶手并不知道她已经知晓全部了呀。"

"可是他最终杀了她，总要有原因的。难道他真的一点风险都不肯担，宁愿滥杀无辜？"

"不，他不是'谨慎多疑'的人。我听许飞形容过他，他似乎聪明自信，很有创新意识，也许还有几分冒险精神。他会选择保险的杀人手法，不是他性格谨慎，而是为了享受动手之后如履薄冰却最终逍遥法外的成就感。他在意方法本身的精妙，胜过在意其实用价值。"

"这才和我想的一样！他确实不简单。镇定的罪犯我见过，但他们受审的时候，顶多会表现得从容，但他不同，简直可以说他是乐观……"

"他就是这样的人。大概正因为这个，他才能想出最后的方法吧？"

"我也很关心，是什么方法？"

"刘湘为什么要半夜去大厅？从她定了闹钟来看，两人之间的约会是一定有的。如果不是她约别人，那就是别人约她。她真的会因为看不见，就丧失安全意识，谁约她她都肯去？不，对方必然是个她非常熟悉的人。你在调查的时候曾经说，在半夜约她出来，只有许飞做得到，这我也同意……她在被杀的那天晚上，曾经和许飞说过非常关键的两句话：'你给我留字条了吧？'和'你的电话簿丢了吗？'很多时候都是这样，你和人说话，你真的听懂对方话里的意思了吗，还是你的心里有个先入为主的想法，认为对方说的就是你心

盲
人
与
狗

里想的这件事？或者你说了一句话，人家答应了，被应承的就是你想让他应承的？而且，出于各种原因，也许是情绪，也许是顾虑，人总会多说或者少说那么一句话……"

"要发感慨等以后。案件到底怎么回事？"

"在案发前一天，许飞曾经给她留了张字条，夹在刘湘房间的门缝里，想着她早上起来一开门就能收到。可是她又看不见字条，一定是在她打开门的时候，字条掉在地上，她从上面踩过去了。那她又怎么会知道有这张字条呢？除非是有人捡到拿给她。是谁呢？又是那个最不应该的人。"

"凶手？"

"他捡到字条几乎是必然的。一个前一天打乱他的计划的女孩，一个无缘无故假装明眼人的瞎子，他绝对比其他人更关注她，何况他们住对门。"

"有没有更硬性的证据？"

"有。许飞那天回去，刘湘和他说的第一句话便是证据。如果没收到字条，她恐怕会说'你去哪儿了？又去探病了？'而她说的是'回来了'，说明她知道他去干什么了。也就是说，那时已经有人把字条的内容告诉她了。而在许飞之前和她接触过的，只有方擎岳一个人。"

"他把条子交给她……"

"就在大厅里。老板说过，他拿着一张纸和刘湘在说什

211

么，他解释为自己在问刘湘疑难字。其实是方擎岳在和刘湘讨论字条的内容。"

"为了试探她知道多少？"

"也许。那时他大概并不想杀她，只是对她表演的行为好奇，或者顺手帮个小忙也说不定。可是，紧接着，刘湘被谋杀的理由就出现了。"

"什么？"

"我以前说了，生活中叫出别人大名的机会很少，但那只是平时。有些特定的场合，是非常容易叫出名字的，尤其是在道歉或道谢时。田静说过'对不起啦，刘湘'；在学校里，'谢谢您了，老师'和'多谢了，某某'，都能经常听到。而当时，方擎岳把字条塞在刘湘手里，'这是我在你门口捡的'，'应该是许飞留的条'。刘湘攥着那张纸，会不会说出'谢啦，田静'呢？"

"你是说……"

"她说出了这句话，不管她知不知道案子的内幕，都必死无疑。本来凶手处境就很艰难，吕良死了，剩下田静这个他以为的证人，如果再被灭口，两条人命总要有人负责，警方调查起来可不是闹着玩的。她这么一说，等于给凶手指了一条明路：杀了她，将吕良的事一起嫁祸给田静，除去证人，了结凶案，一举两得。于是他想到，死亡留言……只要

盲
人
与
狗

是死者写的，没有人会怀疑它指示的人是否正确。刘湘知道一旦动手的人是他，就会留下指向'田静'的线索……"

"可能吗？方擎岳杀刘湘，单纯是为了造成凶案；刘湘的尸体，只是嫁祸的工具？"

"但这思路，很像凶手会想到的，对吗？而且，他以前杀人，用的是什么方法？推下铁轨，暗中下毒……如果方擎岳的目的真是置刘湘于死地，在楼梯上推她一把不行吗？出于表演的需要，她就在大厅用餐，在食物里下毒好不好？而用锐器杀人，凶器、血衣，要牵扯上多少样东西？选择这种方法，对凶手来说是必需的，也是巧妙的。他需要她的血，当最终留言的墨水。"

"用一把刀子，凶手也想了这么多？"

"刀作为凶器，且不说那些渴望血腥的杀人狂，一般都是……一时冲动，抓了把刀子就捅过去——但这次凶手是预谋杀人，或者早有谋杀的想法，但下手机会难得，过了这村没这店，而凶手的手边只有刀——刚才说了，凶手还有很多更便利的方法。如果是用匕首来刺杀，凶手图的是便于携带、藏匿和丢弃在别处——而凶手直接把它扔在现场，也不存在携带的问题。这些都不符合，我只能往特殊意义上想了。"

"勉强还有点道理。"

"就算这些不能说明什么，其他地方也始终弥漫着陷害

213

的味道。比如旅馆的封闭环境，不像是利用机械刻意制造的，那么就可以排除外来人员作案的可能性。可是，如果是内部人员作案，只要拔开一个插销，推开一扇窗户，旅馆就和外面连通了，凶手就要从全世界去找。而他不这么做，特意把嫌疑圈定在内部，把自己也陷入危险中，除非是有了明确的嫁祸对象。如此说来，留言就不对劲了……"

"这可是整个案子的基础。"

"留言也是分几种情况的……"

"死者留下线索前也要精心算计？你能保证每个人都知道你的想法？"

"如果是其他情况，留言当然不成问题，只是死者留下的讯息还没机会面世，就被凶手抹掉了。可以保留到让办案人员发现的死亡讯息，通常就是：第一，凶手不知道死者留了言。比如断气之前，死者抓住了可以指示凶手身份的某样小东西，动作很不明显，凶手只以为是死者死前的挣扎。血字就一定不属于这种。很多侦探故事，为了在留言上做文章，说凶手明明看到死者在写什么，但因为解读不通，就放心留着它，现实中可没有这样拿自己的生命当儿戏的罪犯。"

"第二，凶手因突发状况——比如刚刚得手就听到有人往这边来——自己必须立刻离开，到尸体被发现前，也没有机会重返现场。而凶手走时，被害人还没断气。这个案子时间充裕，也没有这种条件。"

"第三，留言被凶手涂改过，甚至就是凶手写的，以栽赃其他人。回到这起案件，再加上密闭的旅馆环境，让我觉得这留言必然是假的，但是现场看不出修改的痕迹。用死者的思路，可以非常顺利地解释。要是凶手模仿刘湘留下的讯息，怎么可能这样？如果他不是死者肚子里的蛔虫，那就是出自死者的手笔。一个凶手明知道有留言，却扔着不去管，一定有什么内幕。而且，留言的内容，也未免太复杂了。中药，谐音，形似，倒转，已经够烦琐了。而且，这一切死者在生前居然还都和许飞提到过，死者在留言的时候一定费心考虑过吧？刘湘就算脑子再快，对这些小地方的奇妙想法再熟悉，真能在死亡之前的一瞬间反应出这么多？我很纳闷，只好去想象案发时的情景了。"

"根据现场，我推测出的过程是：凶手在刘湘背后行凶，刘湘身前先中一刀，然后被按在沙发上，背后又中一刀，留言，断气。虽然差不多是这样，但是，凶手压住她，刺一刀，需要多长时间？五秒钟，足够了吧？可是，满沙发的血手印，是在这么短的时间内可以留下的吗？所以我关心，从第一刀受伤到第二刀致命之间，她在沙发上被按了多久……"

"第一下刺在不重要的部位，凶手是故意的吧？得到他想要的血后，他却迟迟不肯再下手。他把她的脸挤在沙发里，保证她不会出声把其他人惊醒，然后把刀抵在她后背心脏的位置，在她耳边说话，让她听出他的声音，知道了他的身份，甚至告诉她她不可能生还，提示她赶紧留言，好写下错误的讯息。等他确认她已经留言完毕，才一刀插下！"

"你……你怎么想得到这种事？这……啊……一个人从小到大，见过的血算在一块有多少。当然，什么都能想到了。不过，你的思路又开始跳跃，怎么一下子跑到案发时了呢？你还没说刘湘是怎么被引去大厅的呢。"

"好，我们回到白天的大厅，方擎岳刚把字条转交给刘湘时。虽然咱们分析了这么多，但这对凶手来讲，他产生杀人嫁祸的想法，不过是灵机一动。他要动手，需要一个隐蔽的时间——夜里；一个人员稀疏的地方——一楼大厅；他要怎么把她骗出来呢？想想凶手脑子里有的东西：许飞和刘湘的关系——他开始误以为他们是情侣，被否认后，他大概会觉得这是一对还没有确定关系的有情人；许飞留下的字条；刘湘是瞎子，她看不见字条的内容……他心生一计，从口袋里拿出许飞的电话簿……"

"电话簿不是丢了吗？正好被他捡到了？"

"我想是他一开始就藏起来的。站在他的角度，他会怎么看许飞？吕良被杀时，许飞在火车站出现，当天又正好住进那家旅馆，太巧了吧？这人很像来卧底的调查员。事实也确实如此。当他看到柜台上许飞落下的电话簿时，自然顺手牵羊拿走了。电话簿这东西很能体现人的身份，他想看看里面有没有'派出所，公安局，某局长，某队长'的电话。当然，他拿到后只看到'报社，杂志社，某编辑'，也就知道许飞是干什么的了。他向他请教字时，说他懂得多，恐怕不只是客套。"

"他要怎么用这电话簿？"

"他把它也塞到刘湘手里，说：'许飞这人还真逗啊。字条上写'今天去探望病号'也就算了，居然还有什么——电话簿丢了，如果你捡到，请在今天夜里一点来大厅还给他——这电话簿不就在字条里卷着吗？'"

"这……"

"有趣的约会方式，对吗？把东西丢在心上人一定捡得到的地方，然后把她约出来归还。就像向喜欢的人借书一样，一借一还，可以创造两次见面机会。我们宿舍，我旁边的上铺那哥们，就是用类似的方法追到学校的校花的。"

"可万一她向许飞求证，那不就全露馅了？"

"露馅了又怎么样呢？方擎岳这个凶手，他用的所有手段都是即使中途出了问题，也不影响后果的那种。就算许飞知道了，问方擎岳为什么要这样做，方擎岳完全可以说：'你怎么这么早就知道了？我正要通知你晚上去见她，给你个惊喜呢。对，我撒谎了，但我是好意呀。我本来也不想管你们之间的事，这不是……前两天，我无意中看到她走路，用伞当拐杖，才知道她眼睛是看不见的，觉得她特可怜，太需要人照顾了。通过我们之间这几天的相处，我可看出来了，你们不是一般的关系。刘湘是个好姑娘，你人也不错，你说你们耗着什么呢？'这样一说，假造约会就变成了一个过分热心的朋友，为撮合他们两人而做出的努力。刚认识几天的人，就这样管别人的私事，确实唐突，但也只是唐突而已。"

"那站在刘湘的角度呢？你刚才不是说，她已经察觉到他曾杀人和下毒，难道不会怀疑这是阴谋？"

"以她的智商，她当然会想这是真的还是假的。她会分析：如果字条上没写这些，方擎岳敢篡改内容，必然是知道她看不见，早看穿她的演技了。而她的自尊心抵触这种'表演出了岔子'的想法，加上许飞以前和她说过丢失电话簿的事情，她大概以为那是许飞为了这次约会做的铺垫，可还是不敢完全相信。她想求证，当然可以让其他人帮着读字条。但她没有意识到自己已经身处险境，不到生死攸关的地步，一个称职的演员是不会在谢幕前卸装的。她犹豫着，终于偶遇许飞，就问了他两个问题。其实，那两个问题背后的真正含义是'你今天晚上约了我吗'。许飞不知道上述的一切，给了她最正常的答案。她于是觉得，约会是真的。是啊，她

盲
人
与
狗

对这些天发生的一系列事件有点看法，正想找个时间和他说呢。晚上也没关系，许飞是她小时候就认识的哥哥，她相信他的人品……"

哈哈……难怪呀，那天晚上会叫我"许飞哥"……和十年前那个扎着马尾辫的小姑娘一样。我以前以为她变了，现在明白我错了。我承认，我错了还不行吗？非得用这么惨烈的方式让我知道吗？

"你为什么就不往点子上说呢？她会去赴约，最大的原因是，她觉得约会可能是真的，或者，她希望是真的。"

杜公子半天不说话，在我以为他会继续噤声时，他却声音发紧地开口：

"如果她对他毫无情愫，恐怕就不会那么含蓄，而是直接问'你晚上约我去干什么'……从许飞那里，我听说过她的经历。表演固然是她的爱好，但在选择观众时，她也是很挑剔的。除了把演戏当工作外，出于自愿的表演，加上这次，她一共演过三场。第一场，《小熊的故事》，演给许飞的妹妹——她儿时最亲密的玩伴；第二场，《孤儿》，观众是她中学里最好的朋友；第三场……答案昭然若揭。她对许飞就算没有到达爱慕的地步，也是带有深刻的好感了。她要在他面前表现最值得骄傲的才艺，也可说是'女为悦己者容'。我有点怀疑，她曾经穿上一件衣服，专门要给他看，真的只

219

是为了证明自己对颜色有感觉吗?"

他的声音有些哽咽,我则拼命捏住鼻子,不能让里面的两个人知道我在偷听。

"刘湘的心事,凶手可能多少看出来点儿吧?很好,他真会观察,总是能把所有的人都安排上最合适的角色,让所有的东西都发挥出意想不到的作用。方擎岳真是一个聪明的嚣张的人,看那未遂的毒杀,对方法的要求严格到了什么地步呀!"

"选中诱导他人下毒的方法,真的只是因为它万无一失?他是差点成功了,但毕竟成功概率太小,一点都不保险……虽然我不愿意这样说,但是,方擎岳真和刘湘有点像呢——做出的事情,确实是出于自己的爱好;但真正的原因,却是出于情感。"

"真是越说越没边了。"

"许飞听旅店老板说过,好像是在所有事情发生之前,方擎岳就已经很护着田静了。所以,方擎岳对田静的感情,应该不是装出来的。在火车站,方擎岳以为田静看见自己了。对方擎岳来说,如果目击者是别人,当然是杀无赦!但,那是'她'呀。他要怎么办?那时我见过他,他的表情不像是阴狠地要置谁于死地,倒像在逃避什么;他为我号脉,也似乎是要找点事情做,以分散注意力。他会用那种不是百分之百成功的方法，因为为了自己的安全，他必须做点什么。但他又不愿让田静死，出于了结任务的自欺心态：'我做了，我下毒了呀'，或者也是不能接受'亲手'杀死她？毒杀的那天晚上，他一直望着她，眼神中带有出奇的眷恋，是诀别的意思吗？他内心也曾纠结过吧？但他最终还是说出了那句暗示。当刘湘打翻了饮料，毁了他的计划时，他心里到底是气急败坏，还是庆幸呢？杀刘湘，让田静背黑锅，这种想法的根源在哪里？能解决掉田静，又不用伤她性命？从心理上讲，也算是一种发泄：他不能杀田静，只好杀别人。"

"是吗？我觉得你在胡说。这么残忍的凶手，也会有感情？"这是何鸣说过的话中，唯一我赞同的一句。"这种推测，我都不能接受，更别提涉案的……等等！"他突然大叫，"我明白了！为什么你现在说的和以前完全不一样。原来呀，你是故意的，对不对？上一次，你打乱顺序，把凶案的发生过程单拎出来说明，这样听的人就很难去注意萌生杀机到实际凶杀之间的衔接；你提前分析凶手的性格，一再强调'谨慎多疑'，是为了叫许飞按照惯性自己错误地推理出刘湘案的动机；编出一段'劝说凶手'的剧本。许飞一定不相信吧？但只要你把刘湘歌颂成献身正义的圣女，他就是再疑惑，也不会去打破刘湘的这种伟大。他听到的，其实是只适合他听的'许飞专用推理'吧？该怎么说你！偷梁换柱，还是偷天换日？现在我才知道，这出戏里论演技的话，曾经名噪一时的职业演员刘湘只能排第三；凶手方擎岳也只好屈居第二；最能把握剧情的，倒是你呢。我没说错，你真是阴险小人！"

"只要能抓到凶手，真相没有必要完全公开。"杜公子的声音恢复正常，平淡地敷衍着。

"我不同意！但先不反驳你，因为正事还没完。说起抓人，还有问题呢。目前能查的，我都查过了。字帖上确实有毒物反应，但是，它顶多能证明一小部分的过程和结论。能彻底钉死凶手的证据呢？在哪里？"

"证据……一个地方可能有，但不一定有，只能祈祷，凶手一直保持着他滴水不漏的作风。"

"什么？"

"就像那个案例。一个男人，去纠缠他的情人家里谈分手，结果冲动地杀了人。事后，他很小心地抹掉作案痕迹，用手绢擦拭他曾留下过指纹的地方，甚至清理了地面的脚印。他怕有人目击到一个怎样穿着的人进过死者家，他把那天穿的外衣裤子和鞋全部丢弃了。等警察找上他，他声称最后一次见到死者，是在她被杀的前一天，那之后就没有碰过面了。做了那么到位的掩饰工作，想找证据确实不容易，但最后警方还是找到了——那块手绢。他扔了那么多东西，独独忘了它。它在现场被用到过，上面粘着一根猫毛，而那猫是死者被杀当天才收养的……"

"你是要告诉我，毛发这东西容易到处乱粘，是吗？你以为我想不到？用来承接血迹的衣服，我们早仔细搜索过好几遍了，没有找到凶手头发之类的东西。"

虽然看不见，但听声音，我知道杜公子一定淡淡地微笑了：

"不是。这个故事的意思是：过分细心的凶手，往往会在消除证据时制造证据。而这两次的证据，凶手经常意识不到，也就能保留下来。"

"你说的是什么？"

"嗯……凶手既然敢把凶器丢在现场，凶器上面一定是没有指纹喽？"

"当然。凶手准备很充分，他不会忘记戴手套。"

"听说刀柄上有些血迹，但还有几块白地吧？"

"没错。"

"那应该就是凶手握住的地方，血迹喷过来，被凶手的手挡住了。也就是说，凶手的手套上沾了血。行凶之后，他会怎么处理它？"

"他被困在旅馆里，肯定不能随便丢在垃圾箱。最好的方法是将手套冲进下水道。"

"以凶手那样性格的人，他会轻率地把整只手套丢进去？以凶手重视细节的程度，还是把它剪成碎片更稳妥吧？一般出门在外的人，为了对付那些包装过于结实的食品，都会在钥匙链上穿一把折叠剪刀。凶手在剪手套的时候，应该不会拿出做手工的心态，躲着血迹铰吧？当时凶案刚发生没多久，血迹大概还没干，血会蹭在剪刀的刃上。凶手处理完手套，他能想起把剪刀也丢掉？通常不会，他眼睛里只看到手套这个物品消失了，以为完事了，就一边盯着碎片被水冲走，一边顺手折好剪刀，直接收起来。"

"有可能，希望如此。但是，如果没有这个证据呢？"

"再让我找其他证据，我也没辙了……只能上其他方法。"

"所谓'其他方法'，都包括什么？"

"这个凶手是隶属于一个组织的，这种情况，如果暂时不能动他，通常会用他来放长线钓大鱼。这次上面要是这么决定，我坚决反对！用这样的人当饵，只会平白折损人命，丝毫无益于形势的发展。我的主张是，既然他想嫁祸给田静，就按照他的意思，让他嫁祸成功。"

"把田静当凶手抓起来？除了让他得意以外，还有什么作用？"

"有些东西，如果得不到，人就会不断追求；真的得到了，恐怕会发现自己并不真正想要。"

"你是说，他一直想对田静不利，不成功就一而再，再而三地尝试；但这次真的造成恶果了，他倒会良心发现，意识到这个女孩的安全比他的犯罪事业还重要？你在痴人说梦！"

"这样也不行的话，还可以向凶手学习，让其他人的性格起点作用……你们可以告诉江泪，他那次的恶作剧其实是在下毒，如果要追究起来罪行很严重。考虑到他是个孩子，所以你们怀疑他是受人指使。说完这些再问问他，方擎岳有没有暗中教唆过他，'把墨水挤到田静姐姐的可乐里'？"

"不用说，他肯定愿意给他的'擎岳叔叔'一个牢狱之灾。"

"不，不是要直接陷害他。陷害一个人，哪怕他罪大恶极，感觉也不好。我是想以此为借口，先把他控制起来，不要让他有机会再害人。这个组织的人，不知道都怎么凑在一起的，晚抓一分钟都危险。在他失去自由的时间内，你们再彻查他的经历。他能那么迅速地想到死亡留言可以利用，想必对犯罪有着丰富的经验。这次的事，估计也不是他的首次犯罪。如果能从老底中刨出点什么，只要足够证明他犯下了死罪，就可以说'孩子的证词不足采信'，把开始的证词撤下来。"

"先下手为强？打时间差？"

"但这个方法我不推荐。不到万不得已，千万不要用。江汨毕竟是个孩子，还是尽量不要让他留下阴影。另外，这孩子很聪明，在做一件事之前，能察觉到其他人的反应和情绪。现在他只用这天分搞恶作剧，但这么放任他长大了，说不定他也有可能成为另一个方擎岳。所以，我希望你能和他父母说明一切，让他们好好管教他。"

"这个你可以放心，你不说我也会这么做。教训那些'自以为是的小孩子'，是我的爱好！"

杜公子好像又笑了起来：

"那么……现在，整个案子该算结束了。相关的，还有一件事情。《法制》节目一直在追踪报道这个系列的事件，我怕这个案子也会被他们盯上。如果要公开推理过程，能不能告诉他们前一个版本？"

"我可是真相的崇拜者，要公开，当然要公开事实。也让许飞知道知道，由于他的愚蠢与迟钝，害死了一个或许深爱着他的女孩。而这个女孩，失明已经很可怜了，这点可怜又被凶手利用得淋漓尽致……"

"不，不可以。"杜公子打断他。

"你以为我是张臣？对你言听计从？！"何鸣口气也不善。

"我求你！"杜公子冲口而出。

"我不接受！"何鸣的语气很骄傲，好像早预料到事情会这样发展似的。

"那……你接受什么?"

我真想推门进去，告诉他：你不用这样，我都知道了。但我的手刚碰到门，又停下了。

"嗯……让我想想……这次的事，我看得到现场，而你有内线。所以，并不算公平。我希望以后，我和你可以站在同一起跑线上，办一个案子。"

"这个我可以答应……"

"这么爽快? 然后你想故意输给我? 根据我的观察，你缺乏作为侦探起码的荣誉感。我想我们最好打个赌。"

打赌? 对我肯定没有效果。赌注一定得是对方想要的东西，人们才会为了争取它竭尽全力。而杜公子有迫切想得到的东西吗? 我想不出来。他好像对什么都有点兴趣，但都没有到他会奋力争夺的地步。无论赌什么，对他而言都无关紧要，和没赌一样。

"噢? 赌注呢?"杜公子问道。

"三个字!"

"哈哈哈……"杜公子笑出声来，"不是我输了，就要对你说'我爱你'吧? 对不起，我只能想到这个……"

"你笑! 你马上就笑不出来了。那三个字，绝对值得一赌。"

"到底是什么?"

"怎么说呢？"何鸣特意用拖长的卖关子的语调，"你一定知道，张臣有个侄子。像很多孩子那样，他在初中的时候不好好念书，长大工作，四处碰壁了才懂事，后悔没有文凭，想通过成人高考补上。那年你高二吧？他管你借了高一的课本来复习……"

"这件事我有印象。我记得我借给他了……"

"托张臣转交，是吧？可是，那时候案子正忙，他没有时间立刻拿去给自己侄子，就让那些书在局里待了几天。当时，我还在北京，还是他同事，就问他这些东西打哪儿来的，他随口说了个'X君'。这个我一直听说但没见过的人，当然想了解了解，就拿过一本来看。书皮没有包好，我一拿就脱落了，也就看见了……书皮的内侧是白的，里头居然有字——说句题外话，你的字真够难看的——密密麻麻呀，算起来怎么也有几千字了。可是内容十分单调，只有三个字，却重复了几百遍。开头的几遍还算工整，后来的字都快飞起来，纸也快被划破了，一张纸写得满满当当……我可以想象当时的情景，一个男孩，上着上着课，或者写着写着作业，偶尔想起了什么，心里十分烦乱，就顺手扯开书皮，在里面一遍又一遍地写，渐渐地被一种激狂的情绪所控制，一直写一直写，直到把纸写到没空地……那三个字虽然很美，但也不值得这么写呀。根据我的分析，它似乎讲不出什么意义，

盲

人

与

狗

倒更像个人名。而且这名字的主人还是一位……"

"别说了！赌也不用打，下次一起办案子，我保证全力以赴。"

"但我不太相信呀，还是赌一个比较放心……"

一个凛冽的声音平平地发出来，不能说它是斩钉截铁的，因为它简直是削铁如泥的：

"没有人可以拿她打赌！我不行，你也不行！你一直想惹火我，是吗？现在你满意了！"

"哎呀……"何鸣玩味地笑起来，"真可惜！今天忘记带摄像机了。如果能把你现在的样子保存下来，给北京局里的人看看，他们一定不敢相信：他们心目中脾气最好，从来不会动怒的人，居然会有这种眼神……既然我的目的达到了，那么就没事了，我先走了啊。"

走？他一开门不就看见我了？我正急着躲开，听见他又说：

"回去和你石叔说，给你换个助手！那个许飞，我曾经派人跟踪过他，真是·点警惕性都没有，随便就把你的所在地暴露了。我要是犯罪者，我非杀了你不可。这样的蠢货跟在你身边，你的命恐怕长不到能履行和我的约定！"

"我没有权利批评他什么，"杜公子有些硬地回答，"直接称呼他的名字，我都觉得不合适呢。按照年龄，我该叫他

'许大哥'！"

　　站了这么久，我终于可以进去了。但进去干什么呢？和杜公子"执手相看泪眼"？我决定先去洗手间一趟，把自己料理一番。

　　再回到门前，我推开一条缝，看见杜公子坐在床沿，他的眼神很空旷，似乎在发呆。一只手，似乎是无意识地在床单上划着什么。我心里忽然冒出一个词——深沉忧郁。是因为今天情况特殊，还是他独处时都是这样？

　　我走进去，他好像吓了一跳，手迅速一挥，把床单上的褶皱都推平，然后歉意地一笑：

　　"对不起……你什么时候来的？"

　　"刚来。你猜我在医院门口碰上谁了？就是我跟你说过的那个何警官。因为他走路不看道儿，差点和我撞个满怀，我都没认出他来。"

　　"他呀……长什么样子？净听你说了，我还蛮好奇的。要是不生这场病，我可能也没有机会见到他呢。"

　　"是呀。生病真是麻烦事，不过，现在总算好了。怎么？准备好出院了吗？"

　　"一切就绪，马上可以动身。"

　　"对了，回北京以后，还有件事，你可得帮我这个忙。"

"什么事？"

"和石局长说说，能不能让我继续参与你们的调查。"

"这……为什么？"杜公子露出惊讶的样子。

"你知道，我是个写东西的嘛，最近正想创作一部长篇推理小说，当然要先实地考察。你放心，我不会经常去局里麻烦他们的，只要能在外围知道一些事情，就让局长把我派给你，跟着你当助手就好。"

"可是……"好像很为难。

"你在顾虑什么呀？我没那么倒霉，不可能老碰上熟人死掉吧？再说，我认识的人也没那么多。"

"你误会了，我没有这么想。如果你想协助大家办案子，只要石叔他们同意，就没有问题。我犹豫只是因为我不喜欢'助手'这个说法。一起调查的人不应该叫这个，而应该叫'合作伙伴'。那么现在，面对你以后的合作伙伴，"他笑容可掬，煞有介事地举起一根手指说，"叫声'落寒'来听听。"